写在影像边上

XIE ZAI YINGXIANG BIANSHANG

申晓力◎著

时代文艺出版社
SHIDAI WENYI CHUBANSHE

图书在版编目（CIP）数据

写在影像边上 / 申晓力著. -- 长春：时代文艺出
版社, 2023.5
ISBN 978-7-5387-7012-4

Ⅰ．①写… Ⅱ．①申… Ⅲ．①纪录片－解说词－中国
－当代 Ⅳ．①I235.1

中国版本图书馆CIP数据核字(2022)第105961号

写在影像边上
XIE ZAI YINGXIANG BIANSHANG

申晓力　著

出 品 人：吴　刚
责任编辑：刘　兮
装帧设计：任　奕
排版制作：陈　阳

出版发行：时代文艺出版社
地　　址：长春市福祉大路5788号　龙腾国际大厦A座15层 （130118）
电　　话：0431-81629751（总编办）　　0431-81629758（发行部）
官方微博：weibo.com/tlapress
开　　本：880mm×1230mm　1/32
字　　数：144千字
印　　张：7
印　　刷：三河市万龙印装有限公司
版　　次：2023年5月第1版
印　　次：2023年5月第1次印刷
定　　价：39.80元

图书如有印装错误　请寄回印厂调换

序

作为一种诗意影像的纪录片

电影眼睛可以让时间倒流。
——吉加·维尔托夫

"什么是纪录片？"

那位高大而俊朗的中年男子用这句话开始了自己的演讲。

"你们肯定各有各的答案……但你们觉得什么才是一名真正的纪录片导演？他去拍摄一只豹子，然后他留给世界的最后一个镜头，是那只豹子扑向他时张开的大嘴……"

观众听得无比紧张，甚至像那豹子一样张开了嘴。

其实这只是一场电视台为新员工组织的内部培训，但一半以上观众都是电视台内外慕名而来的中年女粉丝，她们无不向演讲者投去仰慕的眼神，并期待着下文。

"后来呢？"短暂沉默之后，前排的一位大姐忍不住轻声发问。

讲故事的中年男子停顿了一下，淡淡说道："后来，这个故事被写进了纪录片史。"

"哦……"

大家如释重负地吐了口气，对这个回答略略有些遗憾，旋即又肃然起敬，毕竟不是什么故事都能进入纪录片史的，能讲出这样故事的人显然也绝非一个电视台里的普通导演。

那是 2000 年的夏天，我在深圳第一次见到申晓力老师，他的演讲内容如今我基本都忘掉了，但这个开场白让我记忆犹新。演讲持续了大概一个小时，随后是踊跃的观众提问环节。我记得自己问了一个特别无趣的问题："什么样的纪录片导演才能成为大师？"

晓力不假思索就回答了我，大概意思是要有能经得起时间检验的作品，还要有人类的使命感，有自己独特的电影美学意识，等等。虽是泛泛而谈，但"大师"这个词显然引发了女粉丝们的兴趣。后面的提问就主要围绕"对大师的崇敬"和"对晓力的憧憬"来展开，基本不再有像样的问题，只剩下深情的表白，场面一度亢奋、混乱而略显尴尬。不过，针对每个人的发言，晓力仍然认真、平静和耐心地做了回应，最终，讲座在热烈的掌声中结束，我们新进人员都获得了他亲笔签名的两本赠书《电视节目创意论》和《申晓力诗选》。

两本书的内容我今天也忘记了，印象里有一首诗写的是"两只小蝌蚪"。我曾经恶意满满地跟电视台的老同事讨论"小蝌蚪"究竟是指什么，同事以一副见过大世面的语气一字一句地回答我：

"诗人嘛，最擅长的就是用比喻来表达自己内心绵绵不绝的冲动。"

我是大学毕业之后到深圳电视台工作的。初识晓力那会儿，我刚到电视台不久，一心只想做个综艺导演兼小品演员，对纪录片的认知还停留在《动物世界》的层面，但是晓力的风度气质让我对纪录片创作和纪录片人的生活产生了深深的向往。谁能想到我会在一年后果真成了一名纪录片导演？谁能想到晓力做了我亦师亦友的领导，且我们一起共事了十几年？谁能想到我会在二十多年后受邀为他的第五本书《写在影像边上》撰写序言？

从某种意义上说，当年引领我们的那批导演前辈，都是中国电视黄金时代的精英人物，在圈内享有盛誉，在圈外亦有广泛的影响力，他们是真正意义上的电视人和纪录片导演，不像我们后来这些"电视民工"，越来越把"创作"当成"生产"。我离开电视台之后曾遇到过许多做视频的同行，他们自称是做纪录片的，聊起专业也头头是道，然而言谈举止之间都越来越像个技术娴熟又善解人意的"产品经理"。我们非常认真地聊预算怎么花和项目怎么做，时刻把"流量变现"和"粉丝经济"挂在嘴上，很少再去交流文学艺术、影像哲学等看似"不务正业"的话题。

或许，今天的我们连"讨论"这个行为本身都是奢侈的。不必去问"什么样的纪录片导演才能成为大师"这种毫无价值的问题了，因为这是一个"大师"遍地走的年代，"大师"们都是既懂政策又懂市场更懂媒体的全才，不屑于浪费时间与我们做无用的清谈。但越来越困扰我自己的恰恰又是晓力当年提出的那个看起来很抽象却又极其根本的问题："什么是纪录片?"

什么是纪录片?

纪录片之父约翰·格里尔逊对纪录片的定义是"对真实的创造性处理"。如果我们像早期的大师一样，将纪录片与电影视为一体，那么苏联导演吉加·维尔托夫的观点更具哲学意味，他认为"电影就是对世界进行感性的探索"。我曾在自己的《纪录短片创作》一书中将纪录片的本质概括为"电影艺术，历史表达，认识自我、他者与世界的道路"，但个人更喜欢美国学者迈克尔·拉毕格言简意赅的总结——"纪录片就是在屏幕上阐释人类生活中的意识"。

如果遵从大家最初的共识，纪录片显然是建基于"真实"之上的"艺术"。只不过，人类社会发展到今天，什么是"艺术"早就不止一个答案，连什么是"真实"都会莫衷一是：记录现实生活的影像作品未必就是"真实"，研究心理活动的艺术作品未必就不"真实"。

然后，铺天盖地的商业专题片、宣传片和短视频，都称自己是"纪录片"，我们并不能剥夺他人的话语权，更不能限制人们的自我认知。或许，我们不应该再继续纠结于从"对象、方法、形式、目的"等角度探讨"真实"还是"虚构"的问题，不妨以更开放的心态和更长远的坐标来审视不同年代的纪录片作品。它们不仅是各个历史阶段的影像见证，更是不同时代的精神文本，无论真实还是虚构，都是一种努力接近生活、描述"存在"真相的影像创作行为。但是对创作者自身而言，我们对"纪录片"的认知和想象决定了我们会去创作什么样的纪录片。

不妨带着这些问题来阅读申晓力老师的这本新书。

也许称之为新书未必确切，因为这本书收录的是过去近三十年的时间里，申晓力主创的多部纪录片的文字脚本。如果我们习惯了从"影像"和"同期声"这两个固有维度来欣赏纪录片，那么第一次面对这样纯文字构筑的作品也许颇感困惑，一个立体的三维世界被压缩、凝固、呈现为二维世界所带来的阅读体验是完全不一样的，许多丰富的内容要靠自己去脑补。但是，如果耐心读下去，你会讶异：以强调"同期声""现场性"和"真实感"为主要特征的纪录片，居然也可以通过文字叙事的方式被我们重新想象。

以往，当一名纪录片导演引领一位初学者的时候，经常会批评对方稚嫩的作品是"声画两张皮"，意思就是我们撰写解说词的时候，有过于主观的自我表达、过于复杂跳跃的信息传递，或者过于鲜明的叙事风格，导致文字叙事与影像叙事本身不能形成更为融洽的配合。这种批评的出发点固然是正确的，因为会敦促初学者首先要尊重镜头下的真实，回归影像本身，以影像与同期声为创作和表达的中心，而创作者撰写的解说词是必要时才使用的辅助手段。

不过，我们往往会忽略的是，文字语言（解说词）与影像叙事（画面与同期声）因为是不同形式的表达方式，可以分解和传递不同状态的信息，如果配合得当，能够在微妙的反差与呼应中形成独特的"张力"。一个合格的解说词创作者，反而不会老老实实搞"看图说话"；一位优秀的纪录片撰稿，甚至会在所谓"真实"的基础上，开辟出新的超越于现实的可能性。

"阅读"而不是"观看"申晓力老师这些年来的作品，就是更新我们面对"纪录片"时的体验，会让我们从一种"走在影像边上"的角度来思考——什么是纪录片？

申晓力的作品题材，从白雪皑皑的北境到烈日炎炎的南方，纵贯大半个中国，涵盖了自然、社会、政治、经济、文化、科技等包罗万象的内容，有现场纪录、历史政论、财经专题、人物专访等丰富多元的形式，就像是一部当下中国的影像百科全书，但最为鲜明的是始终流溢在作品里的诗意。他将沉着的镜头纪录与飘逸的诗人言说结合在一起，创造了属于他自己的影像表达。

最早的自然类纪录片《家在向海》一开篇，我们就可以强烈感受到申晓力的个人风格：

"你看见，你也听见了，这就是丹顶鹤，在鸟类专家分辨出它的鸣叫的感情以前，这声音已在一个叫向海的地方，回荡了不知多少万年。这是在欧亚板块东部，中国科尔沁草原更东些的地带，沼泽湖泊与静静流淌着的河流相连贯着，霍林河与额穆泰河毫无保留地丰富着向海，直到它水丰草盛，造化的灵秀给向海带来无数鸟类。"

再到近几年创作的人文纪录片《深圳河》，任意选取其中的一段话仍然能够辨识出创作者自身的叙事特色：

"食物的味道、利是的味道、年的味道。如果说味道是有记忆的，人们在新年这场集体的寻味仪式中，寻找过去也期盼未来，乡愁得以治愈，这也是世世代代深圳河两岸人家不变的集体记忆。当这座城市里的长者们正在思考责任和传承时，停不下来的年轻人早已在憧憬新的诗意和远方了。"

从《家在向海》到《深圳河》，两部作品横跨了二十几年，前者扎根于荒凉东北的千里雪野，后者沉浸在大都市的历史长河，前者为自然类纪录片，后者是人文类专题片，虽然地域迥异、题材迥异、类型迥异，但诗的味道一以贯之。我个人总结，申晓力老师的影像书写主要体现在三个方面：

其一，叙事视角是由创作者引领观众的目光，对拍摄对象进行深情的"注视"。这种"注视"感能让观众"接近"被拍摄对象，也意味着对细节的停留、放大与回味，是孕育诗意的起点。

其二，镜头虽然聚焦于鲜活、生动、具体的对象，解说词却是在一个更广袤无际的时空里穿梭。文字的书写更像是围绕真实画面展开的自由想象，联结了"观"与"思"两个维度。

其三，特色最鲜明的是申晓力坚持和热爱的那种飘逸洒脱的文字风格——这赋予了沉重的题材以轻盈的灵魂，是将严肃的内容化解为具有审美价值的影像书写。

正是这种创作方式和叙事风格，在很大程度上让一部面向"公共题材"的纪录片具有了"作者电影"的特征和"第一人称电影"的味道，从而解放了纪实性的影像创作，也更新了我们对纪录片的认知。

当今大部分纪录片作品都越来越类型化，大多影像作品看起来更像是复制品，对"可能性"的探索难道不正是最稀缺的行为？

什么是纪录片？是电影？是历史？是影像？是意识？是对当下生活的真实记录？是对现实境遇的追问反思？是对人类自身文化记忆的诗意书写？

那记忆又是什么？

如果你是一名森林里的夜行者，它就是被你撒落在身后的面包屑；如果你是一位月色下的徘徊者，它又是无形无相却汹涌而至的潮水。记忆是漫长黑暗中微弱的灯，又是酷热阳光下唯一的影；它貌似永远都属于你自己，却总是和你若即若离。

这段话可以拿来理解个体与记忆的关系，也可以比喻当下与过去的关系、现实与意识的关系、影像与文字的关系……

我们可以一直追问下去，也可以一直比喻下去，追问的价值是在于过程而未必在于答案，比喻的意义未必是说明一切而是创造审美。我们作为纪录片创作者的使命，不仅是要去直面现场，追逐真实，还应该在影像之上，创造诗意的维度。

瞧，看完申晓力老师这本书，我也学会像诗人一样说话了。

汪洋

（汪洋：纪录片导演，戏剧编剧，影评人）

目　录

因纪录片具有特殊性，故编者尽可能地保留了文本原貌，以展现作品特色。考虑到读者的阅读习惯等，编者对部分内容进行了小幅删改。特此说明。

家在向海

你看见，你也听见了，这就是丹顶鹤，在鸟类专家分辨出它的鸣叫的感情以前，这声音已在一个叫向海的地方，回荡了不知多少万年。这是在欧亚板块东部，中国科尔沁草原更东些的地带，沼泽湖泊与静静流淌着的河流相连贯着，霍林河与额穆泰河毫无保留地丰富着向海，直到它水丰草盛，造化的灵秀给向海带来无数鸟类。

现场

向海国家级自然保护区

解说

它们聚散在这阳光普照的三角带，鸟类在这里繁衍生息，并以此为家。接近内陆季风性气候，让鸟类有一个南北往来迁徙的生态转换。四季的交替变化，告诉鸟类什么时候应该南下，什么时候应该北归。候鸟们一年中总要离家出一趟远门，可是这一趟啊就得二百多天。当人类的第一缕炊烟在向海升起的时候，那意味着向海新的一天的到来。向海人最早是一群远离科尔沁的游牧部落的子孙。当他们驱赶着牛羊来到向海时，他们永远地留下来了。结网捕鱼是更近些年的事了。一切都那么自然且不停地变化着，向海人的祖先不仅站在马背上，还学会站在了船头上。时光在桨声水影里漫过了一年又一年，向海人在向海留下了一代又一代。向海丰美的水草，是鸟类繁殖领地所必需的。不知多少世纪沉积的鸟粪，让这大片的芦苇蒲草十分茂盛。成群的鸟儿在向海的天空翱翔着，那是在寻找自己合适的栖居之地。这是苍鹭的家，它营造在这密不见缝的苇草深处。很快雄雌苍鹭的爱情就有了结晶——小苍鹭诞生了。

现场

蒙古黄榆林带

解说

这是在一个同样温暖的春天，即使最精小的动物，也在悄悄地行动着，为维持种族的延续奔波不息。这是向海沙上王国里的红蚂蚁。

在向海，我们看到的最高大的植物就是蒙古黄榆。它孤独、过于顽强地伫立在荒野上，承受着季候风包括西部风沙的强力摇撼，蒙古黄榆根深叶繁，是濒临灭绝的珍贵树种，它奇特的树形树位，非常鲜明地标识着向海复杂的地理环境。同时，蒙古黄榆繁茂的枝干之间也常常为喜鹊充当孵化后代的巢穴。

现场

向海村

解说

岁月悄悄地从向海的湖面苇叶上滑过。向海依然保留着它原始的、远离尘嚣的自然状态，这正像无忧无虑的向海人，他们或者日出下河，日落船归，或者鞭声破晓，黄昏暮回。向海，一首田园诗，古朴的透着土色的房舍是向海人用泥土和草秸垒砌而成的。向海人清贫而又充实，勤劳却又懂得享受悠闲的生活。一切都因为与人口集中的发达的城市文明几乎隔绝的缘故。这更激发了我们对向海这个神秘的自然王国的想象力。

现场

牛栏

解说

你马上会看到，因为向海人的家，就多出了不止一层生态关系的家与家。无边无际的苇荡是鸟儿的窠巢。燕子窝安在了向海人的屋檐下，牛栏里的草原红牛盼着早出晚归。在现代文明不曾染指的向海，向海宽容着所有的生灵，或者确切地说，所有的生灵在这里都有生存的自由。尽管它们依照着各自的天赋表现出智能上的差距。也许正由于这种差距，才构成向海的生物链条，使它那么和谐，那么富有自然的魅力。

现场

向海湖

解说

丹顶鹤，是向海人最好的朋友。对这濒危的珍禽来说，向海就是地球上的桃花源。贴近向海湖无边无际的水面，这样的镜头让我们实在无话可说了。我们怀着属于人类特有的同情心，和在自然界共同成长生发的情感，在向海，静观默察着鸟类家族的故事。它们有自己天真无邪的童年，也有自己浪漫的爱情，更有自己独特的天伦之乐。在患难与共的生活里，它们顽强地在自然界找到自己的位置。

那是发生在很久很久以前的事了。那年春天，一对壮年丹顶鹤从遥远的南方，满载风尘飞回向海的家，它们几乎来不及重新休整一下，就忙着重新搭窝筑巢。雄鹤精心照料雌鹤，因为雌鹤要生小鹤了。它们共同守护着鹤蛋，都期望小鹤早日降生。那年的向海水真大，淹没了苇草，也冲走了鹤蛋。无奈这对丹顶鹤重新孕育孵化新的生命。可是时光飞快，转眼已是秋天了，等小鹤出生，笨拙地学着父母飞行时，已是秋末时节。别家的鹤已经匆忙地开始搬迁了，只剩下这一家焦灼地等待幼鹤学会远距离飞翔。寒冬来到向海时，大地和湖面封冻起来，但鹤夫妻怎么忍心抛下爱子，于是一个美好的丹顶鹤之家被风雪淹没了。这是善良的向海老人给孩子们讲熟了的故事，飞鸟有情，情同人心，向海人从小就依照父辈的训导，尊重自然，热爱自然。因为他们本身也属于自然。

现场

孩子们戏水

解说

向海更多的时候是幽静的，是那种带点儿自然纯净的幽静，变化万千的自然景观，不染尘俗，常常让人把向海当作一个真真切切的幻象。

向海，这个几乎被人遗忘的自然领地，如同一部封存很久的画册呈现在你的眼前。向海人感激上苍，也感激自然界的丰盛，与宽宏大量。没人忘记祖先们的告诫，他们尊重自然，如同尊重自己的生命。不需要任何的承诺，他们生活的整个内容就是保护向海，很简单，因为这就是他们的家。

太阳照样升起在向海湖的尽头，向海的天空永远拥有这么多飞翔的翅膀，这是向海的骄傲，正像鸟类以向海为荣一样，这同样是它们毁不灭，也赶不走的家。

现场

芦苇荡

解说

当秋天来到向海的时候，向海人知道这是收获的日子，同时人们开始准备在青年人中挑选最强壮最有勇气的人，他们将到相隔遥远的城镇去采购大量的生活用品，因为他们必须要熬过漫长而严寒的向海之冬。鸟类也在梳洗干净羽毛，准备一次长途的旅行，它们只有靠暂时地迁往南方，来躲避向海寒冷的冬天。还是像离家出一趟远门一样，它们在向海深秋的最后一个早晨，依依不舍地徘徊着，它们将要去南方过一段流浪漂泊的日子，但是它们不会忘记向海，这个可爱的家园，它们期待着春天的到来。

我们仿佛听得见特别高亢的声音从天空传来，那一定是丹顶鹤的呼唤，家在向海，家在向海，家在向海……

（1991 年）

远离的愿望

特技

胶片

字幕

远离的愿望

解说

我是这山的儿子。

这里的动物和植物、溪流和地貌，一切都鲜为人知。几个世纪的地质变化，创造和孕育了各种各样的生物和自然生命。它们或宁静，或喧嚣，或平静，或咆哮。这是地球上的一处罕见之地，也许是最后一处保存完好的大自然。

当我走近这个地方时，我清楚地意识到自己不仅是一名摄影师，还是一位生物学家的儿子。二十年前，我的父亲曾造访过这座山，之后便再也没回来。我来到这里，是希望能够找到我的父亲，我想知道发生了什么。现在的我已经长大成人，我仍然珍视自己心中的梦想，因为我相信，来到这里，让我离父亲更近了。

现场

长白山

解说

这里位于中国东北地区，北纬 42°，东经 128°。

特技

地质演化

解说

几百年前，在一个同样平静的夏日，在比今天更为茂密的山顶，突然火山岩浆像一团巨大的火焰喷向天空，刹那间，地壳剧烈摇晃，山岩纷纷滚动，树木被沸腾的岩浆吞噬。

现场

长白山天池

解说

多少年后，曾经的火山口形成了一个天然湖泊。

对这里的生命而言，水就像乳汁一样充满着养分。水是活力之源、自然之血脉。

树苗在火山灰和火山岩之间肆意生长，为这座毫无生机的山峰增添了一抹绿色。

牛皮杜鹃每年盛开一次。这种植物点缀着长白山，特别适合寒冷的高山气候。蜜蜂在杜鹃花丛中忙碌地工作着，这是它们一年当中最快乐的觅食时光。

紫貂在山峰的冻土上穿行。霜冻地带是它们的家园。由于近年来气温持续上升，它们不得不将家园搬向海拔更高的地方，因此它们的生活空间也在不断缩小。

对这里的动植物而言，火山爆发这场噩梦早已过去。它们对那段时光的记忆一去不回。

现场

长白山温泉

解说

但是危险依然存在。因为长白山并不是一座死火山，它的威慑力逐渐消退并孕育新的生命。这里的温泉是火山喷发的另一个产物，水温高达六十摄氏度，含硫量非常高。

泉水年复一年地冲刷着河床，让这里充满了奇妙和生气。

熔岩沉积形成了绵延的山脊和山峰。由于熔岩的含碱量高，植物难以生长，只能为过路的鸟类充当临时休息的地方。

我背着摄影器材和食物，来到山谷地带寻找我的父亲以及任何可能与他有关的线索。渐渐地，我的思想开始游离，我的孤独感与大自然融合在一起。于是我拿起相机，开始拍摄。

白腰雨燕常在海拔三千米左右的瀑布附近或悬岩旁不知疲倦地飞翔。神奇的是，雨燕会在岩石的缝隙中筑巢，而且它们能轻松自如地飞进飞出，享受户外的风雨和阳光。有趣的是，小虫也同样喜欢飞到阳光下，它们也因此成了敏捷的雨燕的腹中餐。不过，白腰雨燕也面临着其他狩猎者的威胁。

我在这里观察到了一种被保存和隐藏得很好的完美的生态循环。长白山展示着典型的垂直分布的火山岩带格局。灌木、针叶林和阔叶树错落有致地分布着。但是，我想，当我父亲经过这座山的时候，他的注意力一定集中在东北虎赖以生存的原始森林上。每当我梦见父亲，我就幻想着那一望无际的树木。所以我认为父亲和这里的树木是紧密联系在一起的。

现场

地下森林

解说

火山爆发时，熔岩从山坡上冲下巨大的岩石。就在这个位置，有一个巨大的洞，森林大片地倒下。森林谷就是这样开始形成的。时间的流逝治愈了大自然的创伤，将幽静的山谷掩藏了起来，使这个地方不为人知，成为一片神秘的领地。

这块巨大而孤独的岩石，很像一位忠诚的领主，也很像我的慈祥的父亲，他是动植物亲密的朋友。你不觉得他正在看着我吗？

我认为像我父亲这样的人从未打扰过这片隐秘的森林。我可以想象二十年前一个夏天父亲独自一人在森林中观赏的情景。我希望我的父亲还活着，因为他还没有完成他关于东北虎的调查。想到这里，我似乎听到我的父亲正在轻声对我呼唤，我知道这是一种幻觉。我提醒自己，我是一名摄影师，我知道如何记录这座山中最吸引人的景色，我可以并且也应该这样做，因为对这个世界上某些事物而言，这可能是它们最后一次走进我们视野的机会了。我承认我对大自然的热爱永远比不上我的父亲，但我至少可以把它们的美丽和优雅记录下来，并且永远保存下来，的确如此，我应该这样做。在拍摄风景的时候，我模仿着我父亲的观察方式。我能够想象父亲无比仔细地观察动物的一举一动，包括那些非常微小的动物。

树蚁正忙着迁徙，它们感知到森林的力量将会把它们吞噬。

山里的蝴蝶尽情地吮吸着芬芳的花朵。不经意间，镜头捕捉到一对正在享受蜜月的森林昆虫。

森林鸟喜欢在枝丫上筑巢。鸟妈妈警惕地看守着食物，把我视作一个不速之客。它惊慌的神色让我不忍打扰这个家庭的欢乐。

湍急的河流从火山口突然落下，然后奔腾着涌向下游。深绿色的苔藓像地毯一样覆盖在每一块岩石上，使岩石看起来有了柔软的感觉，充满生命力。

落叶、鸟粪和腐殖质使这座山恢复了生机。无数的植物的生长和死亡为山谷的丰饶和魅力增色，它们只需要空气、阳光、水，以及一个和平的环境来维持生存。森林谷充当着这些动植物的家园。

几千年前，这座山孕育并保护了人类。

在了解了父亲对这里的生物的迷恋和喜爱之后，我又想起了一个父亲曾给我讲过的关于他和一只梅花鹿的故事。

那年初夏，父亲来到一座山上。他碰巧看到几只梅花鹿被一群狼追杀，在这些濒临死亡的鹿中有一只母鹿和一只跟在后面很远的鹿宝宝。一头狼跟在它们身后，并步步紧逼，母鹿别无选择，只好抛弃小鹿逃命。就在紧要关头，父亲冲上前去，把小鹿带离了狼的视野……在接下来的秋天和冬天，父亲照顾着这只小鹿。当第二年春天到来时，父亲把小鹿送回了森林。

梅花鹿栖息在森林小路尽头的空地上。在山峦间，在溪边，它们看起来很健康，很有活力。我不知道它们是不是我父亲救下并放生的小鹿的后代。这是生物繁多的长白山最隐秘的部分。很少有人曾入侵过这个安静而富饶的自然王国，这里有一个自给自足的梅花鹿群。

然而，这个自然王国太小了，无法逃离飞机的引擎声，以及开山炮从远处传来的轰鸣。糟糕的是，人类正日益把生活范围扩散到这个安静、隐秘的世界。二十年前，父亲为了拯救濒临灭绝的东北虎永远地离开了这个世界。现在老虎也难觅踪迹。然而，虎啸似乎在我的耳畔回响，我似乎能辨认出它越来越近的声音。东北虎到底去哪儿了？

不知为什么，我觉得山谷里的宁静不会持续太久，现在的宁静可能会是这个自然王国最后的安宁。这种意识让我感到焦虑。

我不能继续拍照了。

父亲的灵魂藏在山谷里、岩石下和溪水里。我想这个珍贵而平静的世界一定遵守了我父亲的意愿。纯粹的自然王国一定是大自然最后的一笔财富，它展现了自然并超越了人的尊严。

在看到了这个不断生长的环境，听到了大自然本身发出的动人的声音后，我决定不允许这个秘密森林幽谷因为人类的出现而发生丝毫的改变。让这寂静的王国成为大自然最后的归属。

很高兴我最终会在小溪边醒来。

我会发个誓，然后离开。这是我能做的，也是我唯一能做的。有一天人们可能会问我关于这次旅程的事，我该怎么回答？我将告诉他们我什么也没有看到，什么也没有听到。我只做了一个梦，梦里有山，有树，有水，还有我的父亲。

我是一名摄影师，我热爱生活，也热爱艺术，我选择了许多珍贵的场景和事物进行拍摄。我知道，如果我把这些照片带到人口稠密的城市，并展示给我的同类，会给这个与世隔绝的地方带来多大的不幸。这种后果是可以想象的。

那座山和那条瀑布彼此忠诚，就像我对我父亲一样。我将永远记住这一切。我决定放弃我在这里所创作的所有摄影作品，我要在太阳最后一次升起之前把这些珍贵的底片曝光。

我是这山的儿子哦……

（1993 年）

感谢生活

现场

戈沙工作坊

解说

在人生很苍茫的时刻，我习惯于自己，习惯于匆忙和没空。

或是在事务场，或是在我的小楼一统，让我说些什么呢？你看那灯光照出的我的影子有多么普通啊，甚至连我自己也觉得很平凡。

我常想自己至多就是一个磨坊主，年复一年、日复一日地拉磨。

我甚至不知道什么叫成功，假如有成功啊，也只是在我光滑的磨盘上添上点儿水，让我不停地心甘情愿地拉磨。是啊是啊，我在拉磨，给所有的日子和所有的人拉磨。

为此，我以这把刻刀的名义感谢生活。

感谢生活

解说

　　我叫戈沙，是个搞版画的，血型呢是 AB 型。我属羊，一只北方的公羊，但绝不是老外，是俄罗斯族的中国人。我最大的嗜好是没事找事。

　　我很早就习惯于引人注目，当然这并不耽误我干坏事。我的银幕形象就证明了这一点。当然这是我的业余爱好。我就喜欢体验生活中不同的角色。我一生中很大的精力和热情都倾注到这些木板上了。在我雕琢于木质纹理的同时，时间在我的脸上，特别是在脑门子上，刻下了深重的印记。

　　不知道是我适合于北方呢，还是北方更适合于我。浪漫的雪花和浪漫的沙漠常常是分不清的，风像是唯一的记忆，好像只有风能照看我一去不复返的少年时光。更确切地说，我是在风雨飘摇中长大的。没有人能记得那个于 20 世纪 40 年代流浪在长春街头的男孩子，那是一个作家不屑于着一笔的卖火柴的男孩儿。幸运的是，他不像安徒生笔端的那个女孩儿冻死在街头。

　　雪落在中国的土地上，寒冷在封锁着中国呀……

　　那个含辛茹苦的诗人是谁？他和我一样属于北方。

　　我十四岁就开始了独立谋生的日子。我当过洋铁匠，打过杂工，当过小贩吆喝着过往的人们，也干过一年半载的招待员，饱受欺辱。喜欢美术是更小的时候了，可是因为当时贫困，就没那么重要了。给画师当徒工，纵使有一千个不情愿，可先要考虑考虑生存哪。十七岁的某一天，突发奇想，步行千里要去北京求师学画。

我过早地懂得了信心对于人是何等重要。感谢吴作人、艾中信两位恩师，引我进入国立北平艺专旁听班接受名师指教，让我大开眼界。几乎在这同时，新文化、新思想迎面扑来。密涅瓦的猫头鹰不到天黑不起飞。望着满天星斗，我像只猫头鹰飞向解放区，投身革命。

1948年是我一生的转机，那是我思想与艺术走向成熟的一年。从华北大学到北京中央美术学院，革命意味着进步，人的解放是在思想的闪电之后。不知道别人，我是敞开胸怀迎来共和国的第一个清晨的，我呼吸着真正属于人民的空气。这土地、这故乡、这人民，我懂得这种爱是多么深沉，就像红日。

画笔已逊色于刻刀的锋刃和力度。那简直就是开山汉子的执拗劲头。真的，握着这把刻刀就把握住了生活，把握住了全部的生活。我常有这种感觉，刀刻在木头上，剥落了木屑，死了的树木重又带着喧响与秀美在眼前跃动，这貌似拉磨一样，周而复始地重复，一圈儿圈儿地闪着哲理，让我对生活抱定永远不灭的信心。从某种意义上来说，人是为信心而活着的。您说是不是？

假如真像普希金所说的，人生快乐在于志愿成就，那么我的志愿是什么呢？

我算不上一个像老鼠嗑木头练牙口的好工匠。换句话说，我并不老实，也不守朴。应该说我是那种今天琢磨琢磨这些，明天琢磨琢磨那些，是个不甘寂寞的人。偏偏我的职业又是吉林日报社的美术编辑。这就给了我游刃有余的自由。

现场

戈沙的家

解说

我的家庭结构，带点儿中国式的标准色彩，妻子、我、一男一女两个孩子。我更喜欢女儿戈露沙，只是我喜欢的方式可能有点儿特别，我教女儿学游泳的时候呢，是我趁她冷不防时一脚把她踢到游泳池里边去的，游泳她是学会了，可就是这一脚啊把她踢到了佛山，操起服装设计的行业了。一过就是五年哪。留给我的只有这做父亲的爱心了……我向来觉得人应该多体验活着的感受，对未知世界的好奇与热情，令我几乎是身不由己地游历了祖国的大片土地。有时又何止是游历，简直是游走在死亡地带的边缘。

我不止一次地想啊，我算个版画家呢，还是个探险家呢？从东北到西北，茫茫雪原和浩大沙漠是色调不同的两块大版画。当我选定了，就毫不犹豫地付诸行动。

沙漠、骆驼、维吾尔和塔吉克。只要我闭上眼睛，眼前便浮现出遥遥丝绸之路的剪影。有道是"大漠孤烟直，长河落日圆"，我曾经在大漠里踽踽独行，因为干渴缺水，几近虚脱，我在求生的本能里感觉着生命的顽强与超越。不知多少次，在戈壁滩里、沙丘之下，我抽出身躯，对于没有变成一具木乃伊，我甚至丧失了任何庆幸的感受。

波斯湖，波斯湖，那是我灵魂的一次震颤。

我的驼队在行进之中，蓦然一股黑色的陀螺般的风暴直压过来，地狱之门豁然开口，仿佛整个天空都坍塌了。在幻境中，我悟到生命的亡故只是瞬间的转化形式，而顽强的生命意识、永恒的精神却是高迈的。故此，千百年来，沙漠驼铃不断，胡杨林也在焦灼中向苍穹延伸。这正是作品《风暴》和《胡杨魂》向你展示的境界。然而像这样的风暴在我一生中又何止出现一次？

"文革"期间，我曾经领略并感受了一场独特的"风暴"。下放农村接受再教育，对我来说没有任何个性化的东西可述，桦甸山村并没有使我的心境变得荒凉。倒是那一年山洪暴发，我从洪峰里托起一个孩子到头顶，一刹那，那咆哮的水势令我想到相对生命异端的可怕。

我想狂热的宗教般的情绪或许可以靠宗教本身来解释。那条条丝绸之路的险遇、恐惧，也需要一线佛光去指点迷津，这并非巧合。《敦煌的梦》《古瓮的遐想》《嘉峪关》《楼兰古城堡》……我在无数次切身的经验中磨砺着我的刻刀，并用我的生命把这一切刻出来了。就这么回事儿。

但我要和你说清楚，其实比起每一处地理环境，那些人及其文化对我来说更具有说不清的诱惑力。这正是我创造《沙漠驼铃》和《夜歌》的真意。

有一个创作欲望几乎代表了我的人格。

我出身清苦贫寒，我好像没有理由不热衷于刻画那些平凡的人们和他们的生活，我和他们在一起觉得亲近、自然，而且和谐得像一道很美的弧线。不论是在收获的季节，还是在婚礼上，或者是在随意捕捉到的一天，你看我有时候啊就是这样忘乎所以。

为了满足这位阿妈尼想要一幅画像的要求，我甚至会改换归程日期。我走的地方很多，做的事却大多看似与版画本身无关。与老百姓闲聊，常常用去大半天。我就是想和他们交朋友。不管是看林人的木屋，还是大工厂、大车间，我都去。

我觉得限于生命的短暂，更需要品味不同的人生滋味。

在如海的人群里，我常常被突然激起的浪花所感动，我就是奔着这些闪烁的浪花而来的。诗人说的那种灵感，也许不过如此吧。

每一次拖着疲惫的身子，从二道白河、布尔哈通河，或者更远更偏僻的小山村回到我的斗室，我都装了满肚子的故事。小心翼翼地打开包装，洗练，烘干，选作上品题材。但这样一种过程缠绕着我饱尝失眠之苦啊。

无数个、无数个戈沙在幻思中沉浮，在刻刀下消瘦，在欣喜中找回自己。戈沙就是常常这样把自己弄丢了，再费很大的力气从生活中把他找回来——这一点可以保证。

我的艺术是我生活的经历，不是要人们热爱我的艺术，而是要人们通过我的艺术更热爱生活。戈沙伏案大睡的时候，梦的不是艺术，而是生活。

现场

长白山

解说

当又一次成熟的构思像红日升起的时候，我要去登一登长白山，这虽不是第一次，在我有限的生命里却可能是最后一次登山了。

我感动于山上的积雪令我神清目澈，让我在套色时用洁白来描绘崇高；我感动于岳桦林犹如手臂的张扬，让我在剔取线条时，用枝蔓的伸展表现渴望。可是这一切都是在写意呀！现在此时此刻，我却在登山，不停地登山。有一种游戏，不知您是否感兴趣，我愿意为活着的戈沙、活着的自己设计墓志铭。为我一生对戈壁沙滩刻骨铭心的感受，我定然留下这样的句子串联我人生的窗帘：睡在这里的人，他的名字是用沙砾写成的。但是嗯，对了，我还得最后告诉你，戈沙这个怪老头儿他还活着，还在登山，就这样真有意思。呵呵……

字幕与画外音

戈沙，1986年在日本神户举办个人版画展，1987年和1988年在苏联马哈奇卡拉举办个人版画展，1989年在苏联赤塔艺术馆举办个人画展，1988年在日本获日中艺术交流金奖。他的作品先后在美国、法国、加拿大、奥地利等十几个国家展出。

我的思绪穿越他获得的证书、奖章，甚至金质荣誉的符号、楼兰古堡的幽思、昔日驿站的烽火、沙漠上没有中断的驼队，或许远不止这些。代表作是阳光下的一个自己，虽然在他看来，身后这一切并不是重要的，只要有空气、阳光、水和朋友。戈沙顿首感谢生活！

关于戈沙，这已经足够了。

（1990 年）

向着太阳

现场

图书馆门前

解说

人说啊，三十而立，四十不惑，五十才知天命。知天命的这一年让我摆脱了浮躁，开始关注这样一个人，一位写出了《中国人民解放军军歌》，早该被我摄入镜头的诗人、战士。

你看，他就是张松如，也叫公木。一个与《东方红》《白毛女》《英雄儿女》的诞生有关的人。

这很简单，我要把他搬上电视，片名，片名就叫《向着太阳》吧。

字幕

向着太阳

解说

这就是公木眼中的太阳。八十七个春秋，公木一直守望着这个太阳，我想或许我走进了太阳，也就走进了诗人的内心世界，这个念头和操作是同步进行的。我和我的摄制组在苦苦寻找着那曾经伴随公木先生在黑暗与光明之间沉浮的太阳。

我们是从公木年迈的生活开始的。

现场

文化广场

解说

公木和他的老伴儿吴翔，和我们生活在同一个城市，同一个时代，同样感受着阳光和清新的空气。放飞的鸽子与风筝，可以说是公木心中美妙的诗句，可我们从两位老人凝重的背影中，却感受到了同样凝重的历史。这历史就是诗人、学者、教育家公木先生遥远而又深邃的背景。

曾经，一颗真诚的心灵与滚烫的时代共振着。

这仿佛就是军歌的节奏，我们就是以同样的节奏走进了公木的生活。

他曾经生活和战斗过的地方，我们都要去看看。

现场

滹沱河

解说

这是冀中平原的滹沱河，河边有一个能看到太行山的小村子，公木就出生在这儿。

1910年6月的一个清晨，头遍鸡叫刚过，农民张存义家得了个儿子。喜得贵子本来是件好事，可也使这个老宅子又多承受了一份生活的沉重。

乡里乡亲听说摄制组是专门来老家拍公木的，都愿意和我们凑个热闹。生活在老家的人们哪，至今还能帮我们回忆起公木小时候的那些故事。

同期声

人家那一帮同学，没事了就在一起玩，（公木）没有玩过，没玩过，人家念书。

同期声

他回来了沿着这一带当街一走，飞机就过来了，就轰炸，他说你赶快走，婶子，他说飞机过来了，我说在哪儿，什么地儿，我就看，他就赶紧跑过来，拽着我过到街去了。

解说

历史学家常常用灾难深重来描绘公木先生诞生的那个年代。清苦的生活，涉世的艰辛，让公木过早地体味了人生的酸楚。那布满母亲脸上的愁容，使公木在后来的诗歌中总能触发人为负债而流泪的情境。贫困不堪的生活并没有使诗人沦落，反而塑造了他伟岸的人格。

成长需要阳光，当然更离不开血雨风霜的磨炼。

人世沧桑的那个年代，"五四"的新思想、新文化深深地感染着滹沱河畔的这个乡村少年。

至今公木还能记着家乡父老及恩师们的影响和教诲。在恩师和长辈期待的目光中，公木不负众望，勤于学业，而且接受了先进科学民主思想的熏陶。

当时因为家境贫寒，公木几乎无望上大学了。后来还是外祖父拿出嘴边省下的钱，送公木去北京读的北师大。

然而，在军阀混战的年代，国难当头，仁人志士都在忧国忧民，公木再也不能安于琅琅读书声中了，这颗敏感而富有良知的心与大时代合上了拍。

同期声

1928年暑假，我回到家来。当时啊除了放假看看父母以外，主要是宣传我们在这儿搞的这个土地改革，想进行一点儿土地问题的调查研究。这个时期，我的在城里国民党乡党部工作的舅舅，还有一个姨父，他们听说我回家来了，就请我到乡党部去给全县的小学教师训练班来做一次讲演。当时分两个班讲，讲了以后，我当时呢就把我们对土地革命的看法简单地讲了，感觉在军阀这种统治下，从蒋介石到阎锡山，到东北、西北军到桂系，这样的统治下，不可能实行土地改革，孙中山这种土地改革办不到，只有实行共产党所提出的土地革命。这样讲了以后反应很强烈，听的人很高兴，他们走到我家来座谈。我的舅舅和我的姨父呢感觉有一点儿好像是想法吧，就找了个借口，就说你这个啊已经讲完了，你就赶紧回去吧。实际上呢他们是很担心的，就连夜啊把我又送回家了。

现场

图书馆内

解说

我想知道他的过去和有关他的故事,我在各种杂乱的文案资料中查出,公木在1930年到1932年间,由于他积极投身于反对军阀的斗争和抗日救亡运动,两次被捕入狱,又两次挣脱牢笼。

他像一只幼鹰,在苍穹之下桀骜地冲撞着、飞翔着,经受着大革命血与火的考验。

愤怒出诗人,这话可不是没有道理,几乎在这同时,早已显露诗才天赋的公木,在民族兴亡的紧要关头,怒向刀丛觅小诗。他一走上诗坛,就亮出鲜明的革命气质和锋芒,他的诗是打牙牌和打油诗,利用民间流行曲调和通俗口语创作的自由体诗,在"一二·九"运动中被广为传唱着。

在学生救亡运动中,公木做了许多默默无闻的工作。

1932年,他以"左联"学生代表的身份拜访了鲁迅先生,并邀请鲁迅先生到北师大讲演。于是就有了鲁迅先生在北京师范大学的著名讲演《再论"第三种人"》。

同期声

1932年,另外两位当年的北京师范大学的同学,去请鲁迅先生到北京师范大学去讲演,这一次鲁迅先生讲的题目就叫作"再论'第三种人'",这个在鲁迅的讲演里面是一次光辉的讲演。公木同志应该说是为我们了解鲁迅、了解革命历史、了解这个思想斗争在历史上起的作用，立了一功。

同期声

他来了他就讲，讲的过程我就不说了。最初我们是在风雨草棚里讲，人来得太多了，拥挤，那风雨草棚就盛不下了，然后我把大桌子搬到那个广场里头来了。我们扶着鲁迅到那个广场，蹬在桌子上，后来留的那个照片就是这个照片。讲了二三十分钟他就讲完了，大家不散，他就又讲一阵子。完了以后呢我们要送他走，他不坐车，他说你们花钱租车，我不坐——我们是花钱租车把他接来的，走的时候他的心里有预防啊。到和平门外嘛，我们已经租了车，他说我不坐，这个车不坐，拒绝坐车。我们说你不坐怎么办呢？他说我到琉璃厂啊有事情，你们不能送我了，用不着送我。我们的学校在琉璃厂一边嘛，他就那么走去了。因为他是国民党通缉的人，这群众就跟着保护他，国民党特务总盯着他，但是不敢下手。

解说

也许远不止这些。面对那个时代走过来的热血男儿，我想我说的就显得那么微不足道了。我真不知道怎样才能把握好这样一个了不起的人物。

一个时代已经烟消云散了，所有的记忆都已经成为历史。历史不容闲情，更不能代替。我们必须寻回的不只是一个形象，更是一个有血有肉的人。

1935年的那个春天来得有点儿晚，年仅二十五岁的公木，与包办婚姻的前妻协议离婚后，在北京与迪辛女士建立了自由结合的新家。但是今天的公木比谁都清楚这段不堪回首的往事。

浪漫与流浪可不是一回事儿，却不容选择地交织在一起。生活不是诗，诗却是生活吧。

公木在邪恶势力的威胁下躲开追踪，流浪在山东滋阳、河北正定等地。

当他辗转回到北平时，听到了 1937 年卢沟桥日本人沉闷的炮声。他绝望了。几乎在这同时，他听见了自己女儿降临人世的啼哭声。

全面抗战爆发了，是在日本人的炮火与女儿的问世中爆发的。

北平陷落了，是在蒋介石不抵抗、日本人排着队进城中陷落的。

公木携妻带女，从北平流浪到天津，从天津又流浪到青岛、济南、郑州，一直西行到了古城西安。

现场

列车厢内

解说

此刻我就坐在开往西安的列车上，想着公木当年凭窗远望、思绪万千的情景。

前途未卜，壮志未酬，女儿的牵扯，父母的挂念，这一切一切都让位于他那不可动摇的奔赴抗日前线的信念。

现场

西安

解说

古城西安，作为诗人的公木无心领略这座古都的风采，甚至都没来得及向大雁塔瞭上一眼。

他的心思在前线，是在前线呢。

他找到了八路军办事处的林伯渠，急切地要求到抗日前线去。林伯渠考虑他还有一个不满周岁的女儿，劝他还是去延安吧。公木二话没说，敲开了无儿无女回族老夫妇的家门，把孩子放在回族老乡家后，头也没回，就踏上了晋绥抗日的前沿阵地。

一别整整是十八年哪。

同期声

我第一次见到爸爸是在1954年春节的前一天，我腊月三十那天到达北京的。到了鼓楼东大街中央文学讲习所的门口的时候，门口传达室有个老同志跑进去叫他，我就在前面等着。我们到达的时候是大清早，爸爸连衣服都没穿好，披着睡衣穿着拖鞋就小跑步跑出来，一看见我就把我搂在怀里，拍着我的背就反复地说，哎呀，白华你长大了，你长大了。实际我那时候已经十八岁了。我第一次见到我的生父啊！我也不知道他是一个什么样的脾气个性，反正一下子就把我搂在怀里头，我就觉得他好像很爱我。

解说

残酷的前线战斗生活，使公木完成了从革命知识分子到手握钢枪的革命战士的转变历程。

这一过程，我不知是否能够在粗浅的意义上说，公木开始了军旅诗人的生涯。

当我来到当年晋绥边区的战场，吟诵着公木在 1938 年写在这里的叙事诗《岢岚谣》，仿佛感受到了战士诗人那颗激情、勇敢的心。

我据此知道，这是属于人民的大地之心。

三月里，三月三，春风不上岢岚山。

河滚浪，鸟鸣寒，塞外黄沙遮晴天……

现场

壶口瀑布

解说

黄河啊，中华民族的母亲河，滚滚河水让我追溯到 1938 年 8 月，为了让十几位怀有身孕的女战士们从前线撤回后方，公木和马懿同志担当起护送这些未来母亲的任务。

他可把这当作一次光荣的使命。男儿有泪不轻弹，但是当公木带领这些年轻的母亲穿过硝烟弥漫的战场，绕过敌人的封锁线，平安西渡到黄河岸边的时候，面对黄河，他像个孩子似的哭了。

或许他在想，母亲哪，您的儿子就站在您的面前呢。黄河依旧咆哮，那是饱受屈辱的母亲的呐喊；黄河依旧奔腾不息，那是倾注着反抗意志的母亲的心怀。铁流两万五千里，只向着一个坚定的方向，苦斗十年锻炼成一支不可战胜的力量。

一旦强虏寇边疆，慷慨悲歌奔战场。

五千年的中华文明以博大的气韵在诗人的面前喧响着。

我想黄河为公木日后写出脍炙人口的诗篇注入了灵感的潜流。

当他把十几位怀有身孕的女战士平安转移到革命圣地延安之后，公木被党组织安排进入抗日军政大学学习，并光荣地加入了中国共产党。可还没等他毕业，组织又把他调到抗大政治部做宣传教育工作。

抗大是现在延安的一所英雄大学，是那个年代所有革命青年向往的地方。

一批批抗战勇士汇聚这里，又一批批地奔向抗日的前线。宝塔山延河水，革命的火种正是从这里向全国播撒开去的。

毛泽东和他的战友、同志们正是在延安这样一块方寸之地营造了一个革命的大家庭。他们把温暖送向大江南北、长城内外的同时，也把胜利的信念传给了各族人民。

我站在宝塔山下，仍然能感受到当年延安的历史情境和那无法阻隔的盛情与火热。

王家坪、杨家岭、抗大、鲁艺，此情此景，有一种超乎时空的磁力，让我在这里伫立着、徘徊着……

我知道这就是延安永恒的精神，也正是受这种精神驱使的公木——对不起，顺便呢在这里说一句，延安人至今也许还不知道公木是谁，但延安人没有忘记曾经有一个能写诗、爱讲演、热情奔放的战士，大家可都亲切地喊他老张啊。

在延安的这段难忘的日子里，有一个人闯入了公木的生活，并与公木结下了战斗的友情，他就是作曲家郑律成同志。

那时他们都住在延安南门外西山坳的一个土窑洞里，真是同饮一井水，同睡一铺炕。

共同的心愿和志向把两个年轻人紧紧地连在一起了。

在窑洞的油灯下，公木写词，郑律成作曲，完成了震惊中外的《八路军大合唱》。

杰作是在大师联手之下诞生的。公木与郑律成借着革命机缘一经相识，就碰出了不可磨灭的火花。由《八路军军歌》等八支歌组成的大合唱，在公木与郑律成的笔下跃动着，穿过宝塔山，越过延河水，萦绕在硝烟弥漫的疆场。

这一切一切构成了优美的诗句和动人的旋律。

战友们呢，在战火纷飞中倒下了，又在歌声中站起来了，太阳照样升起来了，红旗指处乌云散，向前向前向前，我们的队伍向太阳！

公木永远不会忘记 1939 年的冬天，他和郑律成在原中央大礼堂举行的这次《八路军大合唱》的专场演出。那天郑律成亲自担任指挥，整个大合唱一经唱出，就受到了热烈的欢迎，唱遍了陕甘宁边区，唱遍了红色根据地。《八路军大合唱》如狂飙突起，响彻整个艰难困苦而又英勇卓绝的抗日战争和解放战争的英雄年代，一直到今天。

现场

北京

同期声

军歌恢宏雄壮，催人奋进。在战争年代鼓励全军指战员英勇作战，夺取全国胜利，为国立功；在全国胜利后，在新中国成立后，继续鼓舞着解放军全体官兵继承发扬光荣传统，为中国的安全、为社会主义建设做出新贡献。

公木就是这样在中国革命的摇篮中逐渐成长起来的。

他由《八路军大合唱》而进入了诗歌创作的一个丰收时期。

他踏遍凤凰山，钻进了南泥湾，生活的天地和创作的视野更加开阔了。《我爱》《哈喽，胡子》《鸟枪的故事》等诗作都是他在这个时期创作出来的。

大约就在这前后，公木遭受了婚变的不幸，这对他来说是致命的。但公木并没有就此消沉下去，而是从痛苦中、从满腔热忱的工作中求得了解脱。于是他和战友萧三等同志发起成立了延安文艺团体——鹰社。与此同时，公木受到了政治部主任胡耀邦的热情鼓励与支持。

他还收到了毛泽东同志的请柬，邀请他参加延安文艺座谈会。

同期声

就这会场啊，主席他一个人一个人接待啊，对我不熟啊，他问我叫什么，主席不知道我叫什么，我那时候还很年轻，还小，中央同志跟主席说这是公木，写《八路军军歌》的。主席说了一句话啊，我终生不忘的："这写得好、唱得好。"

解说

公木和郑律成，他们都是唱着歌走过来的人。

今天当我走在延安的山山水水中，我仿佛还能感觉到公木的脚步声。是啊，他在这条路上走了将近一个世纪。公木和郑律成共同创作的《八路军大合唱》中的《八路军进行曲》，后来改名为《中国人民解放军进行曲》。

1988 年八一建军节的前夕，中共中央央军委主席邓小平签署命令，正式将它确定为中国人民解放军军歌。

但此刻郑律成早已经在苍茫岁月中离开了人世。

同期声

他是孤独的。我们真是一对非常好的伴侣，好伙伴。二十年了，他去世二十年了。太突然，他走得太突然了。确确实实，我们有许许多多的话没说，许许多多的事情呢，应该是坐下来一块儿商量，一块儿回忆，没有来得及。那个时候就是各人忙各人的，这个来日方长嘛。等到我们退休了以后，那一天我们会安静下来，会一块儿出去旅游，一块儿去度假。其实许多事情呢我说不清楚啊，他的许多事情我都说不清楚，因为他没来得及说，他就这样离世了。他的家庭，很多情况他一定是觉得反正以后有时间吧，我们以后再说。所以我是觉得就突然得很哪。我已经不知道怎么才好，哭都哭不出来。

解说

郑律成去了，留给亲人、战友的是眼泪，是不尽的怀念，同时也给这个世界留下了不朽的旋律。

1945 年 9 月，公木离开了延安——这个让他爱得想到就会流泪的地方。他受上级委派创建了一所由共产党领导的人民大学——东北大学，公木任教育长。

同期声

吴伯箫是不是就是和你共同创建东北大学的那个啊？

同期声

是啊，就是他，是我同学，比我大两三岁啊。

解说

在东北师范大学（1950 年东北大学更名为东北师范大学）庆祝建校五十周年这一天，公木的心又怎么能平静呢？

五十年前，公木与吴伯箫等同志一手创办的这所光荣的人民大学，为夺取解放战争的胜利，为建立新中国培养输送了大批人才。如今桃李满园了，老友重逢，他们有说不尽的知心话。

就在东北大学初创的那段日子里，一位冷静、秀丽的女学生与当时任教育长的公木相识相恋了。此后在公木尝尽了人间甘苦、风雨飘摇的日子里，她像一棵树，坚定地扎在公木的身边，她就是我们可亲可敬的吴翔女士。

当时公木因为忙于东北大学教育事业，直到 1950 年，才与吴翔在长春成立了自己的这个家。

在拍摄公木的日程里，我有幸与公木相处。

我发现他的豁达与坚定的信念是持之以恒的，他的乐观与执着的精神是不可摇撼的。他一生经历了两次被捕入狱，一次错划"右派分子"的遭遇，公木能安之若素、泰然处之，而且仍不为世故与颓废所侵蚀，永怀赤子之心。

是的，公木真就拥有这么一颗赤子之心。

即使现在说起来也挺有意思，公木可以不在乎人家给他戴的这顶"右派"帽子，却在乎和老伴儿吴翔一盘棋的输赢。公木不赢棋，老伴儿就别想离开半步。

当我在公木的书房中随手翻动着一本本有些发黄却依然散发着油墨清香的书籍时，我发现了一双容不得一点儿灰尘、质朴中透露出睿智的眼睛。我知道从这双眼睛中看到的世界是值得祝福的、真实的世界，然而这双眼睛也分明留下过伤痛。

由于公木忙于中国作协文学讲习所所长的工作，无暇照顾父母，结果两位老人意外地离开了人世。就在公木父母双双离世的第二年，祸不单行，公木第二次"右派"生涯又从吉林省图书馆开始了。

在分类整理书籍的改造中，公木至今还为能有这样的机会而庆幸。通览群书，汲取典章文史的营养，为他日后著述《老子校读》《老子说解》《毛泽东诗词鉴赏》等学术著作打下了坚实的基础。后来他又被下放到省直农场劳动改造。可是啊，公木秉承父辈勤劳的双手耕耘、播种，并且像朴实憨厚的农民一样享受着丰收的喜悦。

然而在这十几年中，公木是不能进行诗歌创作与教育活动的。这是鸟儿停止了歌唱的十几年，也是作为园丁的他眼看着土地荒芜的十几年！

一个丢掉影子的人，光明自然成为禁区。

我想是的。

同期声

就这样走过来的，哪一步啊我都没有后悔。我是一个很迟钝的人，经常办错事，过后一想到说，这说法搞错了，不这样做是对的；当时我并不后悔，并不后悔，因为假如不这样做，就没有今天。那么对于今天呢，没有感觉特别失望过，你比如说我来到吉林大学来教课，这在 1962 年，那时候都说我走了下坡路，从北京回来，当时我自己讲，就是我这一步走得还不错。我回想起来，假如我没有到吉林大学来，我这很多书都不能读。

解说

如今当他重新来到吉林大学的讲台上时，教授、副校长等头衔对他已经不那么重要了，他需要的是只争朝夕，补回所有匆匆流走的时光。

此时的公木又拿起了搁浅太久的笔，开始了他诗歌古典著作研究的创作。他对中国新诗歌现代化、民族化、大众化、多样化的理论有着方向性的建树。

一批又一批文学人才在他的视线中成长起来了，其中凝聚了他多少甘苦、多少心血呀。经他亲手撰写的序和跋，竟然编成了这样一本厚厚的书，这倾注了他对一代又一代文学人才的关心和厚爱。

同期声

（龙彼得）公木先生嘛，不仅仅是诗品高，而且人品相当高，所以确实是为人的一代师表啊，跟他接触以后觉得他是一个平易近人的人。

同期声

（杨牧）公木老师对我们也非常关心，非常支持。每一次对我们都是有求必应。

同期声

（邵燕祥）有一次我到北京，好久不见面了，到山上去，我看他精神比较好，我也就忘记了控制时间，一下子谈话谈得时间长，谈谈就谈到吃饭的时间了，我就告辞了。这个时候他跟我说，本来应该留你在这儿吃饭。这里刚才让吴翔去了解了一下，请一客饭挺贵的。

同期声

（邓友梅）学问上我非常地敬重他，特别是为人上。在此后漫长的四十几年当中，不管我们在顺境当中还是在困难的时候，比如说后来我被说成是"右派"，偶然碰到公木同志，他从来不会因为我这边"右派"了，对我就另眼相看，还觉得这个学生不替他争气，相反呢，他倒是鼓励我要挺起来，有什么困难都挺过去。

他说，党总会了解。这种话说起来很简单，但是那个时候，在几乎连自己的父母有时候都责备得多、鼓励得少的时候，能说出这样的话就让我们刻骨铭心。

同期声

（王肯）1947年，我在解放区的东北大学，张老师那时候是教育长，也讲课。除了讲课以外，我受老师的影响，主要是搞民间的，那时候因为在搞土改的下派，也要写一些东西，所以就收集一些民歌。那时候搞二人转呢也是受张老师的启发，因为张老师主要是搞陕北民歌。所以张老师感觉到有这方面的兴趣。这工夫张老师还没想到我将来要搞这个，但他认为民间的这口奶，任何一个作家、艺术家也断不得。

同期声

（朱晶）公木老师平时对这些青年诗人要求非常严，经常批评，耳提面命，但是当这些青年诗人在创作上有某种倾向的时候，他非常鲜明地给他们进行指导，让他们多端正自己的创作思想。同时呢，如果在他们自己这个学术和学习创作的成长道路上碰到一些问题，碰到一些难点的时候呢，公木老师也会对他们进行保护。

同期声

（屠岸）虽然是年龄比较大，这个经历也比较多啊，从旧社会到成立新中国那么一大段时间，但他始终跟着时代往前走。

公木先生有很漫长的革命经历，是吧？革命经历，这个也是非常可贵的，这个经历啊，在他诗当中呢就变成他的人格力量。

同期声

（胡昭）老东北大学的同学认为老东北大学，佳木斯学校那时候的东北大学，有两个"老鸹子"，搞中文的两个"老鸹子"——鸹小鸡，就是鸹孵青年作家——一个是吴伯箫，一个是公木老师。吴伯箫现在已经去世了，他们用自己的那个血肉和体温把年轻一代的作家孵出来。

同期声

（铁凝）因为原来只是读他的诗，只是喜欢他的作品啊，还有家喻户晓的我们从小就听的，一直听到现在我还特别有感情的《东方红》，就知道他是很有名的诗人，不知道他的家乡是哪儿，这次才第一次知道。所以在开会的时候我就注意他，我觉得在公木老师的脸上我确实看到了有文学的风雨，也有世纪的风景。

解说

我望着平和恬淡的两位老人，想象着这么大的人生跨度之间经历的无数坎坷，屈辱与磨难反倒使他们像两棵苍劲挺拔的树一样，相互拥抱、相互提醒着，一直顽强地走到了今天。

吴翔对公木在精神、事业、生活上的支持与关心是无微不至的。也许爱真就是由崇拜开始的，直到今天，吴翔依旧亲切地称公木为老师，我想公木一生中心灵的累累创伤恐怕都由此得到了抚平和慰藉，使他即使在晚年还能以旺盛的精力与热情投入到工作、学习中去。这不能不说有吴翔的功劳啊。

公木以敏感、富于洞察力的眼光，时刻关注着改革开放大潮中中国文学的现在与未来的发展前景。

他以颤抖的双手扶持着一代又一代青年文学家，并修枝剪叶，倾注一往情深的关怀。

他病倒了又爬起来，爬起来又病倒了，他是一位时代歌手，他哪能停止歌唱？

他是一个园丁，他怎么能让杂草丛生呢？他就是这么一个人，从不放弃自己，也不放弃别人。

年轻人喜欢和他在一起，年长的人也喜欢和他在一起。

人们说啊，和他在一起真能长见识。

他身上的确洋溢着一种奋发向上的精神，一种顽强的斗志，一种发自内心的真诚，一种说不出来的劲头。

我明白，这是只有经受过千锤百炼才配拥有的人格魅力。

1996 年 6 月 19 日，我和摄制组拍下了公木给他的研究生们上的最后一堂课。

这堂课是在公木简朴的家中进行的。

同期声

这个东西是个文化古迹，你这都是个方法。每一个东西都有开始。

解说

公木远离家乡半个多世纪，可他没有一天不在想着家。他虽然很早就离家求学，走上了革命的道路，却始终安于简朴、过于清淡的生活。

按照吴翔的话说，他们已经习惯了："你看看这不过得挺好吗？"

在我看来呀，他们的家最值钱的是生命，最大的财富是从日常生活中省吃俭用收藏的这些珍贵的书。

然而他一想到应该回报家乡父老的时候，就首先想到这些和命一样贵重的书。可不，这些书陪伴他们过了大半辈子了，他们是需要下决心才能舍得出去的。

我想每一本书的后面都能读出一个故事，难怪他舍不得。书能勾起他那酸甜苦辣、牵肠挂肚的往事。可决心还是下了，他让老家来人取走这批给家乡的书。公木献给家乡的这批书，谁都知道，这可是一大笔财富啊。

一万多册藏书，足足填满了三个集装箱，通过火车运往老家辛集，他们总算了却了一桩心事，我也替他们松了口气。如今这些书已经填满了家乡特意开辟的公木书屋。

这些书是经受过公木老人双眼灼烫的书啊。

就在公木八十寿辰这一天，国内外的师生朋友们都以不同的方式为他祝福。

日本友人金森道尚先生给他寄来了五十万日元的寿金。

这笔钱对生活一直很清贫的两位老人来说，实在是一个天文数字。

两位老人这下可睡不着觉了，他们觉得自己花掉这笔钱不合适，给子女攒着更不合适，想来想去呀，还是又想到了家乡，想到了家乡还不是很富裕，还有那些不能上学、念书的孩子们，最后还是决定把这笔钱寄给家乡，作为一项资助家乡的教育基金。

当这些得到公木基金资助的孩子们在明亮的教室里听老师讲课的时候，他们记住了一位从家乡走出去的老爷爷的名字叫公木。

去年的初冬，公木不顾年事已高、体弱多病，毅然登上了去北京的列车，参加第六届全国作协代表大会。

他又来到阔别多年的首都北京。

公木说，他这次是给迈向21世纪的中国青年作家们送行来的。这可是公木老人由衷的愿望啊。

我想这愿望来自一个关于放眼未来的心灵，这心灵曾经受漫漫长夜的煎熬而不失坚贞。

从滹沱河边到宝塔山下，这心灵因为投映了真理的光芒而创造出时代的绝唱。

我想这是超越时空、超越世纪的强音，向前向前向前！

这就是公木先生留给我们的生命支点，只要活着就应该永远向着太阳。

（1996 年）

大盆菜

深圳河口

解说

大约在宋朝的时候，一个叫黄默堂的人，从中原南下深圳湾边开荒耕地，捕鱼养蚝。

不知不觉过去了八百多年，一代又一代黄姓下沙人，靠养蚝维持生计。

现场

下沙村

解说

蚝瘦蚝肥意味着年景的好坏，下沙人借一年一度的元宵盆菜宴来祈求蚝业的兴旺。

像往年一样，下沙人赶在年节到来之际开始起蚝，为今年的盆菜宴做好准备。

现场

下沙祠堂

解说

下沙人为缅怀九世祖黄思铭的功德建造了这座祠堂，村里有个大事小情都要在这里办个仪式。

现场

香港

解说

负责盆菜宴采购工作的是香港宗亲会理事长黄洛琪先生。年三十的这一天下午，他从香港把最后一批货发回来，就赶着把全家十几口人带回深圳下沙村过年，由黄洛琪采购的货物存放在祠堂的仓库里。

现场

下沙村广场

解说

下沙村因为离海太近，加上春节这几天是一年里最潮湿的日子，担心东西发霉变质，黄洛琪组织大伙儿，把从香港采购来的大门鳝鱼干摆放在祠堂前的空地上晒晒太阳。黄洛琪每天都守在这里，把每一片鱼干都闻了个遍，生怕有味道变坏了的影响大盆菜的口味。

1992年，深圳特区农村城市化在下沙开始推行，下沙村组建了股份公司，公司开发房地产，第三产业引进三来一补企业，集体经济发展很快。黄洛琪惦记着用来做盆菜的鸭子，他又连夜赶到了养鸭场。元宵节这天的凌晨两点多钟，池塘边的厨房里就忙碌起来，各位厨师按照祖上传下来的技艺要求开始加工备料。

烹调盆菜必须用木烧炭火，而且火候也一定有专人掌握。

旅居英国、美国、荷兰、澳大利亚等十几个国家，以及香港、澳门地区的深圳下沙籍同胞也专程回到故乡团聚，但是嘉宾名单上还缺一位叫黄青莲的荷兰籍华侨，公司马上派人去香港接人。

现场

香港机场

解说

全村上下男女老少都成了大盆菜的主人，按照厨房烹饪工序分片分组，充当主灶的帮手，村南头的停车场也临时改造成厨房搭起了炉台。

大盆菜已有近千年的历史了，至今在广东、香港围村一带仍然保留着这一古老的习俗。下沙村黄氏族谱记载，当年乾隆皇帝下江南时，曾经在正月十五月下品尝，并且还题写了"百鸟归巢"四个字，村民们大都是大盆菜的行家里手，可以轮流下厨。

大盆菜的主要原料有鸡、鸭、鹅、蚝、蟹、鳝、猪肉及萝卜、香菇等，通过煎炒烹炸精心调配而成。经过大锅做好的菜共分成了十二道，最后集中在一个大盆里，再分成十二层菜，在一起形成特殊的风味。

现场

盆菜宴

解说

下午三点左右，两万多人一千八百八十八桌的盆菜宴正式开席了。黄青莲还是平生第一次看见这么多人来到故乡下沙，共同品尝大盆菜，也算给全家人圆了一个梦。黄洛琪好不容易才在宴席间找到自己的家人，按照习俗，全家人聚在一桌，吃一口菜就叫行一块宝，意思是说，同胞相聚，吉祥富贵。每一年的大盆菜都是流水席，一批客人走了，又来了一批客人，有些人要等到深夜才能吃上。

（2000 年）

一锅红艳，煮沸人间

"嘿，哥们儿，到成都吃点儿啥?"

"谭鱼头喽!"

没错，这是一个靠一张嘴来品味的城市。

成都　青羊宫　谭鱼头

先把你心中的劳顿、牵挂放一放，包括记忆中模糊了的天府之国、青城山、都江堰、杜甫草堂，还有很多很多的历史碎片，将它们统统抛在脑后。

食文化，那确实四川是数一数二的，在全国来说。

有一个很大的区别，好像这个比汉堡包好吃啊。

解说

风雅不可附庸，成都人教你学会安逸。安逸如鱼得水，如水煮鱼；安逸是麻中有辣，辣中有麻。安逸是成都人的现状，更是成都人的追求，安逸是成都人的传统。一方之水，骚人墨客，巴蜀多出仁杰怪才，甚至鬼才。

美食美文，人间双绝，蜀郎尚滋味，川妹好辛香，天府多儒雅名士，名士兼烹饪大师，烹调气带着书卷气，所以蜀家菜就是儒家菜。

凭什么？就凭那一股子凡夫俗子难承受的麻辣，生命难以承受之轻，生命难以承受之麻辣。

同期声

我跟我哥到成都来，我们点了一个特辣的火锅，那个时候，我们吃了以后我们就哭了，还有汗水，然后那个本地人就笑我们说："你看那个老外，他们都哭了。"

到了四川不吃火锅，就不是一个地道的饮食文化的爱好者。那个时候是夏天，打着赤膊，一个长板凳，上面再加上一个长板凳，这么坐上面吃，吃得满头是汗。

解说

太安逸了就需要打破安逸的内驱力，说得俗烂的创造大概就是这个意思，于是就在不知不觉中让性情的骨血里涌着一股精灵古怪的鬼点子。

同期声

温度真的是非常非常重要，有话说：一锅红艳，煮沸人间。那个"煮"那就必须要有。我们四川有句土话，叫"四川要烫，女人要胖"。

解说

谭鱼头，历史不长，却要好好提一提。谭鱼头的祖宗就是这位谭长安。

同期声

然后又开了个麻辣烫，麻辣烫只有三张桌子，每天晚上都坐得满满的，但都是我战友吃，吃了都不买单，这个事情又推不走。

解说

当过兵，转业后当过摩托修理部的老板，但让打铁的去卖菜，让当兵的去掌勺，这年头谁都别想离开市场经济这支魔棒的指点。

同期声

原来我不会做火锅，现在可以做一点点火锅，这都是市场教我做的。

我当时是去他那个航天桥的店，门口坐的黑压压一群人，坐在那里边打扑克边等吃鱼头。旁边有一个麦当劳的店，他们就买一个汉堡，汉堡吃完了继续在那儿等。

那个时候每天在坝子里面等候的，都有三四百人，后面那个号票炒到三十块钱一张。每天都吵架的，我还挨过打。"你这老板怎么当的？我们等了那么久吃不到。"说着说着打了就走了。

解说

谭长安是个很实在很靠得住的人，很像成都平原上迎面走来的朴实的汉子。朴实但是不安分，安逸却不失创造力，这似乎是成都人给我们的群体印象。在这个群体里你可以一眼认出是不是这张脸像杜甫那个人像周瑜，这些从历史中涌出的名人脸谱，似乎都围坐在谭鱼头红艳艳的火锅旁，或嘘寒问暖，或家长里短，有三杯两盏，就有豪情万丈，千古风流。

同期声

都是素不相识的人，这么两道再这么两道，就是九个格格，我吃这个格格，你吃这个格格，有时候格格是空的，这个格格的鳝鱼就跑到你那个格格去了。他一吃，"我没有鳝鱼啊？！"原来是从下面漏出来了。那就不像今天这样，是很卫生了。

解说

安逸是一种力量，安逸不一定富贵，且麻且辣有鱼头做伴，够了。

其实谭鱼头的背后让我们体会更多的是成都人平日里的性情，就像我们理解谭鱼头的主人谭长安一样。

同期声

我们这个红艳，实际上它不单指的是火锅的一锅汤是红色的，所有的能量都要释放到我们消费者每一个人身上去。

解说

据说成都男人，无论贫富贵贱也不论职位为何，都善做一手好菜，做菜在成都男人那里是与生俱来的天性，是造化，是绝活，平时是低调不为，必要时才一展身手，该出手时就出手，这应该是成都男人。

同期声

当时不叫谭鱼头，叫富源新津鱼头火锅。为什么叫新津？因为那个时候新津鱼头很出名，想沾点儿光，所以就叫富源新津鱼头火锅。

他开的一家店，燃第一锅火，煮第一锅鱼，我是夹的第一筷子。

解说

从这个程度来说，成都男人都是谭鱼头的主人，是这一座从历史中抖落尘土的历史的主人。

安逸，从容，大度，并在平实的生活中寻求着极致。

同期声

有一个台湾同胞要打包，我想从小时候我们就说祖国的宝岛台湾，我说就例外可以帮他打包。把汤拿到冰箱去急冻，冻了以后他吃完饭，打好包，当天坐飞机从北京飞香港，香港飞台湾，回去以后第一次烫鱼头，第二次烫蔬菜，第三次喝汤，都喝得很干净。

解说

"嘿，哥们儿，今天吃点儿啥？"

"谭鱼头喽！"

没错，成都、北京、上海、香港、台湾，包括我们所居住的城市深圳，都因为谭鱼头而更近了。谭鱼头现在不仅是在四川打响，在广州、深圳也有不少，包括北京，现在麻辣烫都是非常非常吃香的。

那一口浓重的川话，一定也有谭鱼头的味道：是嘞，是嘞，好安逸哟。

（2003 年）

六集客家文化纪录片 **人在天涯**

第一集　客从何来

解说

时间带走了一切，迁徙带走了时间。

在以往历史的天空下，在停留或者出离故土之间，充满太多生存往事和传奇故事。这一切都是从族群的迁徙开始的。

回望东方古老的中原大地，华夏文明在黄河流域繁衍生息，创造了绝无仅有的文化脉系。

星移斗转，岁月山河。

我们上溯古老的远方，始自魏晋中原的一支族群，在被称为客家人以前的时代，开启了背井离乡、一路向南的漫漫迁徙之路。

故土难离，生于斯，长于斯，老死于斯。

班固在《汉书》中说："安土重迁，黎民之性；骨肉相附，人情所愿也。"

黄遵宪留下了这样的诗句："筚路桃弧辗转迁，南来远过一千年。"

迁徙。

探幽涉远，上下求索。

择水而居，趋利避害。

千年迁徙之路，为了寻找新的生存空间，留下了多少悲欢离合，不堪回首的往事！

这就是客家人——在人类迁徙史上，演绎出纵横千古的传奇。

时移境迁，从生命的个体出发，让我们想到了大画家高更的椎心之问：

我们从哪里来？我们是谁？我们到哪里去？

我们能看到多远的过去，就能看到多远的未来。

客家人迁徙的历史，时空是如此悠远，其所构成的文化已成为华夏文明最丰厚的补充，引发了中外许多文化学者以及客家人自身的高度重视，客家文化也逐渐成为显学。

据史学界主流的说法：

西晋衣冠南渡是中原汉人第一次大规模南迁。

第二次南迁，发生在唐末五代，到了如今的梅州了。

第三次南迁在两宋期间，客家人也是在这个时期形成的。

第四次是在明末清初，满族人入主中原。

最后一次在清朝同治年间——在太平天国运动失败后，人们大批逃至广东南部及海南岛，这一次客家人像蒲公英一样，被一口气吹得散落到更远的地方。

伴随文明进程的生存常态，回首千年客家人的漂泊经历，我们必须还原特定的历史背景。

在中国的历史舞台上，上演了太多的战乱与自然灾难。中原大地肥沃的土地，也是逐鹿中原的兵家必争之地，哺育华夏文明的黄河上游，由于人们世代狂砍滥伐，造成河流泛滥生灵涂炭，远离家乡成为应对现实不得已的选择。

这也是人们离开世代栖居地最基本的理由。

居于天地之中，得天独厚，然而土地、资源与人口的过度集中与膨胀，造成了生存空间的紧张压力，由此产生的恶劣困境使得历代统治者利用手中的权力，强令边缘族群迁离。那些背井离乡的先辈们，将自己熟悉的生活连根拔起，开始向着未知的生活前行。

漂泊的酸楚，离家的乡愁，生存或者说能够活下来是他们在陌生环境里的第一步。迈出了这一步，投入了一个新的生活空间。新的生活，新的空间，靠他们的双手来打造，这里装有他们对美好生活的所有向往。

寒来暑往，大雁南飞，客家人远离故土，全新的生活场景，唯有乡音不曾改变。

客家人从中原原乡南迁至闽粤赣山区并落地生根，形成了围绕族群自成一体的客家民系。他们因地制宜，艰苦垦拓，开基立业，重农而不抑商，自给自足，兼收并蓄。

天长日久，他们在异乡落地生根。

客家人，人在他乡，母体文化却始终没有和中原切断，"学成文武艺，货与帝王家"。

现场

梅州

解说

古老的客都——梅州，至今还保留着传统的家训家风，尊师重教始终是客家人世代的传承，"为天地立心，为生民立命，为往圣继绝学，为万世开太平"。

客家人以岭南为家，身在他乡即故乡，梅州三乡二百年间，出了三个翰林、十七位进士、八十九位举人。正如眼前这座老屋门上的楹联所言：犹龙世泽，旋马家声。

客家人的家安在了他乡，客家人的心却深深地扎根于故乡。

他们一路迁徙，不停地学习和适应，并顽强地生存下来。

难能可贵的是在吸取不同地域文化的同时，他们精心呵护着自己的客家民俗。岭南地区客家民居中大多传承了梅州客家围龙屋的建筑风格。

现场

龙岗

解说

鹤湖新居，背倚鹤湖山，结合中原府第门楼格局，融汇当地广府民系斗廊式的建筑特色，雍容大方，历世而居。

鹤湖新居就这样矗立了两百年，处于岭南风雨浸润的一块风水宝地——龙岗，可以说是一所堪舆学意义的建筑典范。

自唐僖宗的国师杨筠松把堪舆学从中原带到南方开始，堪舆学遂在赣闽粤等地区广泛传播，杨筠松在此收徒传授堪舆学风水术，开坛论讲自己的著作《青囊奥语》《疑龙经》《撼龙经》《葬法倒仗》等书，并成为赣闽粤等客家地区传播中原风水的大师，一时间风水学在客家人中蔚然成风。

仰观天文，俯察地理，客家人取法风水学于围龙屋的建筑天人合一，与自然融为一体。

时间承载着建筑的重量，对一个迁徙族群来说，建筑更是一个安身立命的地方。同样，客家族群的建筑集中体现了客家人的居住文化，我们会发现不同区域的客家建筑不谋而合地携带着同一历史和传统的印迹。

如果说围龙屋作为一种居住模式，凝聚了客家人的族群意识并兼具抗击外敌入侵的功能，那么，乡绅精神中的血缘规制与族长管理体制，便奠定了客家人日常的秩序与规矩。

围龙屋的这种外部建筑结构和内部管理格局，构成了强烈的对称性和稳定感，维系并凝聚着一种无声的力量。

这种世袭的乡绅精神和族长体制与独特的居住方式形成了微妙的联系，微妙在于这种不经意的族亲、堂号所构筑的血脉关系，让每个客家人得以凝聚为一个整体。

如今，围龙屋里的宗亲关系所构筑的情感，随着现代生活的变化逐渐淡薄，物是人非，街道与社区包围切割传统的关系，代之以紧张忙碌的都市化生活，那种族亲之间的亲密日渐疏离。时间改变了一切，围龙屋作为历史沉默的证人，见证并收藏了血缘凝聚家族的记忆。

伴随着急骤的城市化浪潮，一些旧区在腾笼换鸟的结构性调整中大面积拆迁，传统的围龙屋也很难摆脱被拆除的命运，但是人们也开始了对传统客家文化的关注。深圳的罗氏鹤湖新居、曾氏大万世居、黄氏新乔世居等一批客家民居，得到了政府相关部门的重点保护。

客家人昔日的居家祖地，居住的功能逐渐退化，成为人们浏览和凭吊过往的好去处。

从中原一路南行，在通往客家围龙屋的道路上，我们很难想象客家的先辈们背负祖宗的遗骨，挥别故土的那份决绝，跋山涉水，掘土为家，围龙屋就是他们赖以生存的家，凝聚了他们的勤劳与智慧。

我们不知道，这些从围龙屋里走出来的人还会走多远的路，但是我们相信客家人不论走到哪里，他们不屈不挠的精神都不会被稀释与湮没。

早期客家人进入的闽粤地区，多为山林僻壤，和中原丰厚肥沃的土地相比，这里相对比较贫瘠，客家人从麦作区进入了稻作区，带有山区特色的稻作农业成为生活的主要来源。他们以农耕为主，狩猎和山林经济为辅，过上了自给自足的生活。

山水为仓，就地取材，杂糅于日常餐桌上的却是遥远浓郁的中原味道。

有一份坚持，不会因为时光的磨洗而褪色，客家人漫长的日子少不了柴米油盐，经年累月的饮食温柔了平常的日子和他们独有的味觉记忆。

从中原到闽粤，从北方到南方，刻印在客家人骨子里的食谱，依旧辗转传承，并不断丰富起来。

客家人不仅承袭了中原一脉的忠孝节义，也形成了耕读传家、开山劈土、聚族合炊的饮食文化。

客家菜素有"无鸡不清，无肉不鲜，无鸭不香，无肘不浓"的说法，客家菜的基本特色是用料以肉类为主，突出主料，原汁原味，讲究酥软香浓的火功，以炖、烤、煲、酿见长，尤以砂锅菜闻名，乡土气息浓郁，这大多与山林地缘有直接关系。

现今客家饮食的特色包括素、野、粗、杂，口感偏重、咸、肥、熟，在粤菜和闽菜中独树一帜，因此越来越受到人们的青睐。

让我们把月光收回到古老的客都梅州。

这一天，我们来到梅江边的这个客家餐厅做客。现在黄老板从父辈接手客家餐饮多年，一直把地道的客家菜作为开店的追求，但随着食材来源的变化，以及食客口味需求的提高，黄老板开始尝试在传统客家菜烹饪技艺的基础上推出新品客家风味。为了留住老客户，满足年轻人的口味需求，黄老板费尽了心机。

同样为客家风味绞尽脑汁的林昌盛，祖籍广东饶平，后家族移居至台湾，是台湾土生土长的客家人。林昌盛曾在台湾苗栗县客家"大汉之音"广播电台工作，由于其自小就喜欢客家美食，经过再三思考，他还是辞掉了非常喜欢的电台工作，只身前往法国学习料理。

在法国学成之后，林昌盛选择回到台湾，他在自己的故乡开了一家餐厅。

他想用法式料理的技法结合本地食材的特点，把客家饮食和文化推广出去……

舌尖上的记忆，梦中的乡愁，文化上的同根同源，让我们在分离后走向重逢。两岸互通后，林昌盛来到祖籍客家原乡地区……

现今的客家原乡发生了很大的变化，走遍了大江南北的林昌盛，对于原乡的客家文化有了更深的了解，他来到这里既感觉到新鲜又感觉到亲切。

节日是亲朋好友团聚的日子，节日更是抚今追昔并憧憬未来的日子，客家人从遥远的中原踏出第一步开始，每一天都没有离开对美好生活的向往。

知所从来，敬所从来。

不论你是来自于魏晋，还是来自于隋唐，或者就是来自昨天，如今你都可以和客家人一道分享过往的美好记忆，并拥抱我们共同的未来。

第二集　家在路上

解说

有太阳的地方就有中国人，有中国人的地方就有客家人。

客家人的文化就是迁徙的文化，在心动与行动之间，客家人的脚步从来就没有停下来。在跨越高山大河之后，他们开始远涉重洋。

客家研究开拓者、著名历史学家罗香林先生认为，客家人往南洋和南、北美洲迁移而侨居，大多从宋高宗赵构南渡之时开始。

南宋都城临安被元人攻陷后，君臣相继南走岭南。南宋覆灭后，遗民多相继逃亡海外，如交趾、占城、爪哇等地。

到了明末清初，客家人士赴海外经营工商业，因而在南洋各地置田园，传宗接代的为数更多，进而开辟埠头。

东南亚发现丰富的矿产资源，开采矿产急需大量劳动力，吸引了大批客家人前往。侨居南洋各地的客家人日渐增多。

海禁并没能阻挡商品生产的发展，私商贸易更趋活跃。南澳岛成为与外国人通商易货之地。

饶平县的柘林港也是外国商船巨舰往来的场所，日本、暹罗的船只时有停泊。

清朝初期，估计有七万客家人移居海外，主要是南洋各地。

据研究，暹罗王宫所唱的颂祖诗歌，其调子至今还有客家山歌的成分。

鸦片战争后，西方殖民者掠夺东南亚各国资源，开发美国加州金矿，修筑太平洋铁路。

1859 年 10 月，在英法联军占领广州后，两广总督劳崇光"同意"英属西印度派来的招工专员奥斯汀所拟的招工出洋章程五条，允许英国在广州、汕头设立招工所公开招工。

第二次鸦片战争以中国战败告终。中英、中法于 1860 年签订了《北京条约》，其中准许英法招募华工出国，英法在华从事劳务输出遂正式合法化。

招募所谓"契约华工"就是"卖猪仔"，西方侵略者在中国东南沿海地区大肆拐、掳华工赴南洋、美洲等地，华工就像猪仔一样被转卖。

美国加利福尼亚州发现金矿，需要大量劳动力，大批中国人为实现"金山梦"，赴美"掘金"。

出洋的客家人命运多舛，在原乡是生离死别，中途是九死一生，到海外后还将面临无数困难的考验。

自由出洋的客家人多去印度尼西亚、马来西亚、新加坡、菲律宾、泰国、越南、老挝、柬埔寨、缅甸和印度等位于中国南方的国家，因之称为"下南洋"。

粤东、闽西客家人多取道韩江水系直达柘林、樟林等港口搭乘红头船出海。

在汕头辟为通商口岸后，他们多改由汕头海港乘船出洋。另外，有些人从汕头乘船到珠江水域再出洋。

还有些人则从厦门、香港等港口乘船。

他们经海路，随风漂流，到海的对岸定居谋生。

让我们重新把目光凝聚在粤东的梅州松口——火船码头。

这里是客家人生死别离的驿站，此地一别，或他年重逢，或成永诀。

客家子弟出洋前往往举行仪式。

临行前一天，出洋者的父母要准备好三牲、酒茶、干鲜果品的斋盘和香烛纸钱，在大门口的禾坪摆设香案，排上供品，虔诚地敬祀天地神明，祈求一帆风顺。

一家人还得带上三牲等牲醴，同到祖宗祠堂。此举一是让出洋子弟向列祖列宗辞行，但更重要的是向祖宗祈祷平安。

次日清早出发时，出洋者按照风俗，仍要从祠堂的正门上路。

亲友都要送行，大家或低声呢喃，或心中默念，祝福"过番"者一路平安、顺风得利。

长风破浪会有时，直挂云帆济沧海。

当告别松口的小船在黎明中驶离静静的河港，从泉州起碇的客船已经漂泊在太平洋上。

汽笛一声肠已断，从此天涯孤旅。

多少客家人背向故土亲人，投入又一个全然陌生的世界。

或者直下南洋，或者取道美洲，或者辗转绕过好望角。

1948 年的夏天，十九岁的李铿发只身抵达南非。

二十年前，李铿发父亲为避战乱来到南非，艰难企活，并在他九岁的时候埋骨南非；二十年后，在这块他并不熟悉的土地上，李铿发再次重复父亲要走的路——求活。

父亲过早离世，并没有给年轻的李铿发留下任何遗产。

为生存，李铿发做过各种卑微的工作，历尽艰辛，一路坎坷。

提到那段艰难的日子，老人总是平淡地说："很好，我一切都很好，我的经历也都很好。"最让他念念不忘的是在那段艰苦的日子里，来自客家族人和友善的当地人无私的帮助。

很多年以后，这个年轻人成了在南非当地最早建厂的华人、南非客家人总会的发起人及第一任主席。直到耄耋之年，他依然在为客家人的事情积极奔走。

他的工厂里大多是客家人在内的华籍同胞和当地的一些雇员，大家虽然源自不同的文化背景，但是很快在日常的工作中融为一体，这其中有默契，有相处一段时间后的彼此关爱。

仁爱之心，是根植于客家文化的核心元素。

从家人、族亲之爱推而广之到邻里、社区，再到所到之处的芸芸众生。

正是这种爱的光芒照亮了客家人每一个前行的足迹。

出生于马来西亚沙巴的吴治贤，祖籍广东梅州，第四代马来客家人。从小父亲便教他学汉语、说客家话。后来经过不懈的努力，他考上了马来西亚沙巴大学，从事物理学研究，并在美国著名物理杂志上发表过多篇论文。

很快，他便与韩国一所大学建立联系，并决定申请沙巴大学交流学者名额赴韩攻读博士学位。

此时在他眼里，自己的人生道路是平坦而顺利的。

可让他没有想到的是，校领导拒绝了他的申请……

之后的时间里，吴治贤逐渐把精力从学术转向工作，毕业后他从事过工程师、导游、摄影等多样工作，但始终没有太大的发展。对于工作和生活他似乎失去了目标，显得有些迷茫。

又一年，南非客家联谊会到访沙巴。吴治贤所就职的公司安排他参与了全程接待服务的工作。或许是因为客家人骨血里流淌的基因，或许是因他娴熟热忱的业务能力，他与联谊会里每一位乡贤一见如故。

联谊会会长陈云生还主动邀请他加入自己在南非的公司……

或是因为客家人基因里敢闯敢做的精神，或是因为他在人生道路上的变故，吴治贤坚定了内心的抉择，他需要在新的起点上证明自身的价值。

于是，带着对美好生活的憧憬，和对未知世界的渴望与探索，吴治贤登上了去往南非的飞机。

到了南非，吴治贤在新公司从基层销售干起，与黑人员工一起搬货装箱，起早贪黑，一干就是五年。

这期间，利用周末节假日，他带着自己心爱的摄影机走遍南非各地看遍大江山河，了解当地风土人情，也更广泛接触了南非的华人侨胞。

联谊会的客家乡亲们对他的生活、工作以及安全等方面无微不至的关心，让他这个异乡的"客人"备感温暖……

吴治贤与陈云生先生的邂逅也许是一个偶然。

但是，发生在客家人之间的帮扶故事，或许就不是一个偶然了。因为这样的故事在客家人当中还有很多……

远赴重洋的客家人怀揣着各自的梦想，踏上陌生的土地，生存是第一位的。

离开熟悉的城市香港，钟荣恩携着一家老小穿越大洋，落地南非。

像世代所有来这里的客家人一样，钟荣恩从最初的打工、摆地摊、开杂货店和餐馆开始，因为一次偶然的机缘接触到淡水珍珠的生意。

那段时间跳蚤市场常常有钟荣恩的身影，他不知经过了多少个日日夜夜，付出了多少辛苦和汗水，终于有了一定的积累，最后在中国商城中盘下了自己的店铺。没有做过贸易的他，边学边干，生活总归是有了着落和希望。

然而，一次飞来横祸，差点儿打破钟先生的淘金梦。

钟先生从最底层做起，变身珍珠首饰、矿产老板，并在南非安身立命的经历，成为远渡南非的客家人在异乡打拼的一个缩影。

其实每一个客家人都有一段难以言说的奋斗史。

一代代客家人，身在路上，家也在路上。

他们历经坎坷苦难，执拗地在异乡扎下了根，并赢得了自己的生存空间。

客家人用他们的双脚丈量着世界，脚跟立定的地方，就是他们的家园，他们是龙的传人。

历经多少个世纪的风雨，客家人已经遍布五大洲八十多个国家，总人口已经超过一亿两千万。

回望中原，回望武夷山，回望梅州松口，回望万里之外的祖国，有牵挂的漂泊不算流浪，客家人永远在路上。

时间的长河，见证了在这颗美丽的星球上诞生过多样的文化印记。这种不同形态的文化印记，大多被各自不同的族群记载着、传承着，并以行走的形式传播着。它们各有坚守，又相互融合着、渗透着，从未间断。这部分带着文化印记向着梦想之地迁徙的族群，构成了时间长河中另一种形态的命运旋律。

人类的文明之火，是行走者用双脚点燃的。

第三集　生生不息

解说

客家的文化是一种动态的文化。

源于迁徙游走的经历，苦难与酸楚没能阻挡客家人前行的步伐，反倒塑造了族群整体乐观达世的精神。

秉承中原厚重的忠孝文化，客家人慎终追远、埋头苦干的同时，不失为了应对各种困境而激发的活力。

据清嘉庆年间《丰湖杂记》中记载："今日之客人，其先乃宋之中原衣冠旧族，忠义之后也。"

历代客家人在背井离乡颠沛流离中，有三件事成为他们生活的日常：读书、耕田、习武。

习武之风、尚武精神有着悠久的传承。史籍有载："客家人豪侠、性悍、骁勇善战，男子多从军，其勇甲于百粤。"

而在当时的客都梅州流传着这么一句有趣的话："书要读，武要练，老婆不娶都随便。"

流传至今，逢年过节时的舞麒麟，最能够反映客家人生龙活虎的精神面貌。

因缘际会，让人做梦也没想到的是，昔日能文善武的客家人竟与足球结下了一段不解之缘。

1855 年起，巴色差会在客家地区广泛地发展教会分支，并兴办学校，教授语言、数理等其他基础学科，学校十分重视学生整体的素质教育。

这期间传教士将足球引入中学教育之中，广受学生们的喜爱。1904 年，原瑞士国家队足球队员万保全来到梅县，就任梅县乐育中学校长，任职期间他非常重视足球运动的发展，将校门前草地辟作足球场，并亲自教学生踢足球，足球运动很快传到梅州中学、东山中学等学校。

1917 年，万保全发起组织了由乐育中学、梅州中学等四间学校参加的梅县历史上第一届中学运动会，不久，梅县、五华等地陆续成立了足球队。

由此，梅县客家地区成为远近闻名的足球之乡。

正是足球运动在客家地区的蓬勃发展，才使得三十多年后的20世纪初叶，世界足坛上出现了一支以李惠堂为代表的中国足球劲旅。

时至今日，足球之乡的美誉虽历经百年沧桑，却依旧在延续。

百年前，一个天性喜爱足球的孩子，正是用这样的方式，踏上了自己的足球人生。

李惠堂，一位世界球王的背影已被岁月所淹没，但是我们不应该忘记一个曾经让中国足球在国际足坛辉煌一时的美好记忆……

"看戏要看梅兰芳，看球要看李惠堂。"这是20世纪30年代在上海滩流传的一句话，一位足球巨星就这样和京剧大师梅兰芳联系在了一起。

1923年，中国足球队参加第六届远东运动会获得冠军。

第一次代表中国队参赛的李惠堂初露锋芒。同年8月，李惠堂随球队去澳大利亚，与全澳冠军新南威尔士队交锋，这场比赛他一人独中三元，香港报刊以特大号标题称李惠堂为"球王"，并以"万人声里叫球王，碧眼紫髯也颂扬"的诗句加以赞美。

1936年，为参加柏林奥运会，李惠堂和球队自筹资金，将沿途比赛的门票收入作为参加奥运会的费用。沿途他们进行了二十七场比赛，取得了二十三胜四平的战绩。

当他们省吃俭用、一路风尘赶到柏林，球员已疲惫不堪，首场比赛便以零比二负于英国队，首轮即遭淘汰。对于同英国的这场比赛，欧洲各地报纸给予了中国队一致好评，认为其水平已不亚于欧洲各国，只是体力不如人。

1976年，李惠堂和贝利、马修斯、迪斯蒂法诺、普斯卡什一起，被联邦德国权威足球杂志评为世界五大球王。

在国际足联的官方统计中，李惠堂在其足球生涯的各项赛事中，一共射进过一千八百六十个球，所以他也与弗里登雷克、盖德穆勒、贝利、罗马里奥并称迄今世界上进球逾千的五大巨星，可以说他是中国现代足球的第一人。

李惠堂跻身世界足球殿堂，使得梅县地区客家人对足球运动拥有了更大的渴望。

1929年，广东梅县的一批青年足球爱好者组织了一支"强民足球队"。

1931年，强民足球队参加梅县首届"抗日救国鼎"足球大赛，最后雄踞十三队之首，获得冠军。

1942年，球王李惠堂慕名强民足球队，回其家乡组织五华足球队访问梅县挑战强民足球队。他们在梅县公共体育场进行了一场轰动全城的球赛。

强民足球队于1934年更名为强民体育会，并增设篮球队和乒乓球队。强民体育会的创始人是一群梅县当地的青年工人，以及一些文化相关产业的人员，他们的共通点就是都喜欢踢足球。

1931 年秋天，梅县举行全县足球锦标赛。仅成立两年的强民足球队连胜十一场夺冠。次年，球队出访与梅州相隔不远的汕头市，在一场友谊赛上，以二比一击败当时访问汕头的英国轻巡洋舰足球队。此后，以"强民系"球员为主力的梅县足球队蝉联当时的广东联赛冠军。

1937 年，梅县足球队出访香港，以二比一击败由英国海军驻港士兵组成的足球队。

也就是在这一年，全面抗战爆发。

强民体育会为进一步团结青年，公开征召会员，一批入会的中共地下党员当时成为"强民"的核心力量。

此后，强民体育会在进行抗日救亡工作的同时，继续参加组织多次足球比赛。

直至 1944 年，在日本军队占领丰顺、梅县形势紧张的情况之下，强民体育会关闭。

新中国成立后，1955 年，以强民体育会球员为主力的梅县队在全国分区足球锦标赛上夺得冠军。1956 年，当时的国家体委根据梅县足球的历史和现状，授予梅县"足球之乡"称号。

一拨拨足球人才在古老的客都——梅州出发，一支支强民体育队伍也在民间蓬勃发展起来。

客家人历经岁月的流变，表现出极强的兼容与适应能力，中原母体文化的陶冶，动乱的磨砺，万里跋涉的艰辛，拓荒垦殖的奋发，这一切锤炼出客家人整体坚韧不拔的意志。

汤明哲，梅州蕉岭县人，从事山歌创作和演唱五十多年，有着"山歌大师"的美誉。

现今，客家山歌在他的带动之下涌现出一批又一批的人才。

客家山歌也逐渐被更多的人群所喜爱。

深圳，雨后的清晨，伴随着鸟儿的啼鸣声，新的一天开始了。

何穗生像往常一样，带着她的学生们在公园里练声。

何穗生，客家著名的歌唱艺术家，曾被誉为"南方的郭兰英"。

何穗生的客家山歌在岭南已经脍炙人口，何穗生一边唱歌一边到处做客家山歌的指导工作，经她栽培指导的学生很快就成长起来。

菊子也是何穗生老师的学生。唱着客家山歌长大的菊子，本名陈菊芬，被称为"新客家山歌"的代言人。

多年来，菊子和她的歌声，飘过岭南的山山水水，她一边教书一边培养客家山歌的后人。一个偶然的机会，菊子和一拨电视人凑到了一起，完成了一个关于客家山歌的电视纪录片构想，这一次菊子不光唱着客家山歌，还担当起《千年客韵》的导演。

客家山歌，这有着《诗经》遗风的天籁之音，已有千年历史。

2006 年 5 月 20 日，梅州客家山歌经国务院批准列入第一批国家级非物质文化遗产名录。

客家山歌本就接地气的传唱，与现代摇滚说唱杂糅在一起，赢得了年轻人的喜爱。

被誉为"客语摇滚第一人"的邹锦龙，1986 年出生于广东河源。从一个普通乐手成长起来的邹锦龙，从未停止过对艺术表现手法的探索，在传统与现代之间，他有过迷茫与困惑，但他始终没有放弃自己的追求。

艺无止境，一路高歌，一晃十年过去了。邹锦龙创作的许多不同风格的作品，有对家乡的思念，也有对母语的热爱。

邹锦龙把他童年的客家生活，写进他的作品中，带着生活的朴实，夹着地道客家民风，一张张纯真的面孔，一曲曲创新的旋律，邹锦龙把客家传统民歌唱出时尚感，唱出年轻人在这个时代的摇滚印记。

当山歌注入摇滚的节奏，当往事温暖我们的记忆，渐行渐远的时代背影，伴随铿锵的音符，永远定格在我们心中。

从客家族群的童年开始，那些由衷的向往始终指向远方，那些始自脚下的步伐始终坚定而豪迈，我们仿佛能真切地听见一路前行的足音，他们有在绿茵场上奔跑的速度，也有在山间放歌的情怀。从过去到现在，客家人永志不忘来时的路与来自远方的召唤。

千年客韵不绝，万里山歌做证，客路其来有自，前程任重道远。

这是一个流动的族群，他们来自于平原，却选择了高山，他们选择了高山，却眺望着大海……

第四集　家国情怀

解说

广东梅州市梅江下游的松口古镇，地处闽粤赣三省交界地带，依山傍水，这里自古商业繁荣，有着"自古不认州"的说法。

明末以后这里更成为客家人下南洋的出口。

客家人在松口，沿梅江告别故土，拥抱蔚蓝的大海，向陌生的南洋甚至更遥远的天边漂泊。

不知过了多少年，他们冒险创业的道路被后人称为"南洋古道"。

这条古道充满了客家人远离故土所历经的酸楚往事，很多人因意外或疾病导致创业的失败，倒在异乡的土地上。

那些活下来的人顽强地在他乡生存下来，依旧顽强地在他乡扎下了根。

此地一为别，孤蓬万里征。

松口的火船码头见证了太多的生离死别，这里是思念与乡愁升起的地方。

火船码头留下多少不忍离去的守望。

一颗颗思念的心伴随企炉饼的余温。

亲人们离别时的嘱托在耳边萦绕，一张张挂着分不清是泪水还是雨水的脸颊，朝向苍茫中远去的一群过番汉子……

过番，下南洋，客家汉子把背影留给了码头，留给了亲人，留给了故乡。

　　慈母手中线，

　　游子身上衣。

　　临行密密缝，

　　意恐迟迟归。

　　谁言寸草心，

　　报得三春晖。

母亲的额鬓添了白发新愁，父亲的背脊披上了岁月风霜。

侨乡的客家人将浓郁的乡愁沉淀为厚重的底蕴，在迎来送往中挥洒着坚定与从容。

松口，既是漂泊者现实的出口，也是漂泊者梦中的入口。

多年以后，如今的松口，已经成为海上丝绸之路重要的文化地理坐标。

古朴的民居建筑依然矗立于松口，它们大多是当年归国的华侨们在异国他乡用血汗积累的财富承建的。

中西合璧的建筑风格，凝聚了他乡与故乡的深深的情愫。

1894年，身为客家人后裔的孙中山，在美国檀香山成立兴中会，提出了"驱除鞑虏，恢复中华，创立合众政府"的主张。

1905年，松口爱国华侨青年谢逸桥、谢良牧两兄弟赴香港见孙中山，并在日本东京积极协助孙中山筹组中国同盟会，成为同盟会首批会员。

在同盟会领导核心中，客家人占了约一半。在一百一十二位广东籍同盟会会员中，有客家人七十三人，占了约三分之二。

孙中山在推动辛亥革命的过程中，经费的四分之一都是来自松口籍的客家华侨。

1910年11月，孙中山策划广州起义，急需十万元巨款。

紧迫关头，谢良牧立即到南洋泗水，发动华侨富商募捐巨资交梁密庵寄回国内支援武装起义。

来年3月，黄花岗起义失败。七十二名烈士中，客家人占了三分之一。

孙中山发起革命初期，得到了客家地区极大的支持，许多客家人充当了这场反帝反封建斗争的骨干。从资金到大量物资装备的捐助，到在社会舆论上的支持，客家人为这场革命的充分酝酿和开展做出了不可磨灭的贡献。

2017年9月，一场关于东江精神的纪念活动在深圳葵涌东江纵队北撤纪念亭展开。

这几位老人来自广州，他们特地赶到深圳来参加这次纪念活动，他们都是东江纵队烈士的后人。

广东抗日的主力——东江纵队。作为东江纵队主力的客家人，大部分活动都聚集在东江流域，纵队司令曾生将军就是惠阳的客家人。

1938 年 10 月，日本侵略军在广东大亚湾登陆，国民党守军一触即溃，东江下游各县及广州相继沦陷。

中国共产党在广东的党组织勇敢地担起了领导人民群众开展抗日斗争的重任，在各地组织群众起来保卫国土，抗击侵略者。

1941 年 12 月，香港沦陷，一大批中国文化界知名人士、爱国民主人士，以及国际友人滞留港岛，处境十分危险。

游击队根据中共中央的指示，克服重重困难，先后从香港营救出何香凝、柳亚子、茅盾、邹韬奋等七百多人。还有一些国民党官员和眷属、遇险的美国航空队飞行员、港英官兵和荷兰、比利时、印度等国人士近百人。

这次营救在国内外影响很大，对促进抗日民族统一战线和国际反法西斯统一战线的工作，起到了积极的作用。

为支持国内如火如荼的抗战活动，大批南洋华侨放弃当地稳定的生活，回国参加东江纵队联合抗战，难能可贵的是许多南洋华侨企业家也投入到支援国内抗战的义举中。

胡文虎，原籍福建龙岩永定的一名客家人，南洋著名华侨企业家、报业家和慈善家，是南洋华侨中的一位传奇人物。

胡文虎兄弟早年一道子承父业，结合祖国传统医学和印度、缅甸古方，先后创制了虎标万金油、八卦丹、头痛粉、清快水和止痛散等名药，畅销海内外。

1929 年，胡文虎在新加坡创立《星洲日报》。

此后，胡文虎还先后在国内外创办了"星华""星光""星岛"

等星系日报、晚报，以及《虎报》等十三家中英文报纸，被誉为"报业巨子"。

在这些报纸的编辑中，有不少人是新闻界、文化界进步人士，如金仲华、郁达夫等。

这些报纸的创办和发行有力地促进了抗日救亡，同时也坚守并弘扬了战时的中华文化。

为了支持中共抗日舆论总动员，胡文虎将自己创办的重庆《星渝日报》的设备全部转让给《新华日报》。

1932年，胡文虎寄给第十九路军三万银圆和大量药品，支援淞沪抗战。

提到淞沪抗战，不能不提一位著名的爱国将领。

谢晋元，字中民，广东梅州蕉岭客家人。毕业于黄埔军校第四期，曾任师参谋、旅参谋主任、团长等职。

他在淞沪会战中率"八百壮士"死守上海四行仓库的故事，至今仍被广为传颂。

四行仓库即当时的金城银行、大陆银行、盐业银行、中南银行在上海设立的联合营业所的仓库，仓库内储存了大量的粮食、牛皮和丝茧等物资，由于墙厚楼高，易守难攻。

1937年，全面抗战爆发后，日军进攻上海，谢晋元所在部队打响了淞沪会战的第一枪。

在经过了和日军的激烈交战后，为了掩护十万大军撤退，谢晋元临危受命，在四行仓库带领一个营的兵力阻击几万日军。

由于四行仓库已被日军包围，谢晋元率领的八百壮士成为一支孤军。他鼓舞动员全体官兵，誓与阵地共存亡，战斗至最后一人。他组织了一支敢死队，准备随时与日军决战。

谢晋元率领的八百壮士对阵几万名日军，击退日军数十次进攻，以阵亡九人的代价，击杀日军两百多人。

1940年3月，汉奸汪精卫在南京成立伪国民政府，派人以陆军总司令的高官之位诱降，谢晋元严词斥道：

"尔等行为，良心丧尽，认贼作父，愿作张邦昌，甘作亡国奴。我生为中国人，死为中国鬼，以保国卫民为天职，余志已决，决非任何甘言利诱所能动，休以狗彘不如之言来污我，你速去，休胡言。"

谢晋元在孤军营的凛然正气，赢得了全国人民的敬仰，敌人恨之入骨。

谢晋元没有死在战场上，最终却惨遭汉奸汪精卫派人杀害。

新中国成立后，上海建立晋元高级中学、上海市晋元高级中学附属学校、晋元公园、晋元纪念广场，并以晋元命名道路、小区、大酒店等作为纪念。

日本著名学者山口县造在《客家与中国革命》一书中，充分肯定和高度评价了客家人的革命精神。

他说："客家是中国最优秀的民系，他们原有一种自信与自傲之气质，使其能自北方胡骑之下，迁到南方，因此，他们的爱国心，比任何一族为强，是永远不会被人征服的。"

近代以来，几乎每临中华民族生死存亡的重要关头，都有客家人挺身而出，而且冲锋在前。

九龙海战中抗英的义士，辛亥革命与黄花岗烈士的英灵，英勇抗战的东江纵队……

多少优秀的客家儿女，甚至连自己的姓名都没有留下，就长眠于战火纷飞的土地上，为了保家卫国他们不惜抵上财产和身家性命，义薄云天，前赴后继。

他们中活下来的许多人，继续为国家的尊严和民族的解放不断奋斗。

从客都梅县走出了一批这样优秀的客家儿女，叶剑英作为他们其中的一员，伴随中国革命的历史进程，成为中国伟大的无产阶级革命家、政治家、军事家、战略家、中华人民共和国和中国人民解放军的缔造者和领导人之一。

正是他们，和全中国人民一道在中国共产党的领导下开创了新中国。

1949 年，新中国的成立开辟了中国历史的新纪元。

一大批海外客家人、华人华侨为国家的独立、民族的解放而欢呼雀跃，许多人响应祖国的召唤，积极参与新中国的各项建设。

1955 年，在印尼万隆召开的由二十九个亚非国家和地区参与的亚非会议，是第一个在没有殖民国家参加的情况下，讨论亚非人民切身利益的大型国际会议。

新中国在这次会议上亮相国际舞台。

万隆会议的召开极大地鼓舞了印尼当地的华人华侨。

会上周恩来总理主张求同存异、和平共处的原则，他在会议期间展现的高超的外交艺术与外交家的凛然气度，给年仅十七岁的张伟超留下了极其深刻的印象。

1956年，张伟超乘坐荷兰邮轮"芝利华号"归国，随即以优异的成绩考入了周恩来总理的母校天津南开中学。

毕业后，张伟超考入北京外国语学院就读俄语系，在以俄语为主修专业语言的同时，还兼学英语。

1964年，他因成绩优异被挑选到外交部工作，不久就以学员的身份被派往中国驻苏联大使馆学习。从此，张伟超开启了他人生中漫长而精彩的外交官生涯。

紧张的外交工作，锻炼了他的机敏与才干，使他养成了从战略的高度去分析、认识问题的习惯，养成了严谨的作风、警惕的观念和勤于思考、善于总结的工作能力。

他全身心地投入到工作中，除了睡觉，他几乎都处于工作状态。

由于在外交工作上的卓越贡献，他曾被授予俄罗斯外交部当时的最高荣誉——"高尔恰科夫"勋章。

1995年，告别了工作三十多年的外交部，张伟超升任国务院侨办副主任，负责港澳台事务、东南亚及北美地区的工作。

作为一位拥有归侨背景的侨务高官，他认为没有华文教育，就没有侨务工作的可持续发展。

曾经担任过中国华文教育基金会理事长的张伟超，一直致力于在海外华人世界里推广华文教育。在他看来，要传播中华文化，汉语是重要的工具和桥梁，而生活在海外文化环境中的华裔青少年，急需通过华文教育来传承中华文化。

退休后的张伟超依然担任很多社会职务，继续发挥余热。

近五十年的外交、侨务工作，张伟超从侧面见证了中国和世界发生的巨大变化。

家之于国，江河之于大海，他乡之于故乡，游子之于母亲……

客家儿女，不论走到天涯海角，他们的心都始终和祖国连在一起。

第五集　初心不改

解说

19、20世纪以来，客家人的足迹由粤闽赣而踏遍世界。他们在世界的各个角落和各个领域艰苦创业，大显身手，使客家名人蜚声海内外。

客家人足迹踏遍五洲四海，在中华文化史乃至人类文明史上留下了浓重的一笔。

但是，包括客家人自身在内的很多人，对客家民系身份的认同却经历了较为曲折漫长的过程。随着客家人的祖先南迁，华夏文明中心不断向南扩展，客家人背负底蕴深厚的中原文化与风俗，披荆斩棘，在行进的路途中不断学习当地的异质文化，在兼容中认同并重新确立自己新的信念。

人在路上的客家人即使身在海外，依然秉承不断开拓进取、重农而不抑商的传统，经年凝成共赢的客商之道。

人们说客商就是义商。

陈云生先生祖籍深圳盐田，虽已年近古稀，说话依然中气十足。他前往南非发展已超过二十年，据陈云生先生介绍，中国已连续多年成为南非最大的贸易伙伴、出口市场和进口来源地。

从珠江入海口的深圳湾，到非洲大陆的最南端，因为一线商机把两地的市场联系了起来。

在双方的共同努力下，2017年5月，深圳—南非总商会在南非约翰内斯堡成立。

陈云生先生出任首任会长。作为在南非生活和从商多年的侨领，他利用自身熟悉当地市场以及与政界、商界联系紧密的优势，为有需要的深企提供力所能及的帮助。

一个阳光充足的清晨，从事贸易清关工作的赖小文和她的同事们开始了一天的工作。

这位外表看似温婉贤淑却性格爽朗的客家女子，在二十多年前，凭着自己的一股闯劲儿，在一句英文不懂的情况下，只身来到南非。

当我们再次跟她聊起这段经历时，她十分感慨。

初来南非的那种新鲜感转眼即逝，现实变得异乎寻常的严酷，当一切都围绕着生存这个主题的时候，犹豫彷徨在所难免。赖小文默默承受各种难以想象的压力，咬紧牙关战胜了自己，就这样坚持了下来，而且在南非一待便是二十年。

在我们寻找他乡的故事中，倾听并记录了太多充满戏剧性的人生经历，这些故事就发生在这些在异乡打拼的客家人群中，那些憧憬多于忧虑的眼神，传达着他们对新生活的坚毅与希望。

成功细中取，富贵险中求。

与艰难困苦相比，一定程度的冒险与财富的获得是分不开的。

南非大陆是天然的钻石宝库，一些客家人也选择了钻石生意。

温先生从事钻石生意近三十年，虽人到中年，但看上去依旧阳光帅气，话匣子一开，就没离开过他的事业，他认为电影《血钻》很真实地反映了行业内的部分现实。

生意渐渐有了起色，温先生常常因繁忙的生意穿梭于世界各地。然而有一天，当他赶回家中，看着面前痛不欲生的妻子，才知道唯一的儿子因一场意外不幸夭折了！

强忍悲痛的他，将妻子紧紧搂在怀中劝慰道："未来的日子我们一起承担。"

他将自己所有的泪水与心中的痛深埋心底，依然坚强地撑起这个家。

每一个在异乡落脚的客家人，最初的经历都令人难以忘怀。

困顿与茫然都在所难免，初识陌生世界所产生的不堪，也常常成为日后的一种回味。

南非秋天的阳光，照耀着午后闲适的村庄，也温暖着南非当地的祖鲁人……

没有人会忘记这片热土上曾经有过漫长的种族隔离，人们也同样会记得曼德拉带领他的人民为争取自由而进行斗争的经历。

来自惠州的客家人李凤光，在南非生活已超过三十年。

这些年来，李凤光的生活发生了很大的变化，他却不失练达与乐观。

李凤光一门心思都在自己的生意上，为人低调含蓄，却是一个热心好客的人。

对自己的家人他有严格的要求，可以选择自己喜欢做的事情但是一定要专注，心无旁骛，如果说还有什么其他要求，那就是做生意要从老老实实做人开始。

"宁卖祖宗田，不忘祖宗言。"

这是一句在客家人群中流传很广的一句名言。

感人心者，莫先乎情，莫始乎言，莫切乎声，莫深乎义。

比赖以生息的土地更为重要的是古老的家训。

在所有家训中，乡音是一条看不见的纽带，一代一代的客家人通过自己独特的语言传递着他们的情感，表达着他们的内心世界。

吴少康，早年在香港创业，三十五岁转战南非，有人称他为"家电巨头""地产大王"。

吴少康曾担任过两届南非紫荆会会长、两届粤港澳商会会长。任职期间,他创办奖学金,为祖国灾区捐款,促进南非华人加强合作,赢得了美誉。

吴少康勇于担当,接受了南非警民合作中心主任一职,肩负起维护当地治安与华人华侨安全的重任。

走进南非约翰内斯堡北部社区,在一栋外表灰色不起眼的办公楼里,吴少康先生热情地接待了我们。

办公环境布置得朴实大方,非洲元素与中国风混搭的装饰十分协调。

和做生意一样,吴少康总能站到对方的立场来面对一些问题,所以很快就赢得了当地华人华侨的一致拥戴。

在警民合作中心任职期间,他勇于承担并秉持着"既然决定要做,就要做到最好"的心态,把警民合作中心当作自己的公司一样用心经营。

警民合作中心不是以营利为目的,而是一个公益性质的公共机构。

吴少康把握为大家服务的原则,为当地华人华侨真诚付出。

他一上任就开始处理警民合作中心遗留案件,跟进并尽快解决侨胞遇到的困难,增加适当的奖赏制度,提高南非警方对所有涉华案件的侦破率。

他最大的希望就是能有更多年轻人加入警民合作中心,一同促进侨胞与南非执法人员之间的沟通、合作,并配合警方打击针对华人的各类犯罪，协助维护华人华侨的合法权益和华人社区的安全，一同为保障侨民社区安全、共建平安侨社而努力。

吴少康在警民合作中心任上已经干了十几年，警民合作中心受理了大大小小各类案件多达数千件。

除了妥善处理华人内部纠纷、保护侨胞安全和合法权益外，他还与当地警方建立了信息互联等机制，协助警方侦办了多起涉及华人犯罪的大要案，打击了数个当地黑人抢劫团伙和华人内部犯罪团伙，大大地改善了华人社区的社会治安。只要华人社区的侨胞们遇到问题，第一时间想到的就是警民合作中心。

经过这十几年的努力，高效率保侨护民的警民合作中心也成了分布在全球的五百多个华侨社团竞相仿效的对象。

通过采访我们得知，南非华人警民合作中心是由十几个侨团共同出钱出力所组成，吴主任在面对意见分歧与人们对他的非议时，秉持着"欢喜做，甘愿受"的心理，选择坦然面对并持着一贯以来的热诚，继续捐钱出力为广大的侨胞们服务。

既然选择了他乡，那就要把他乡也当作自己的家园。

吴少康常劝身边的朋友们，来南非不应该总想着赚"快钱"，不要急于求成，这里的生活节奏慢许多，我们华人应该试着融入当地生活并改变经营的思维模式，学着赚"慢钱"，向当地印度人与巴基斯坦人学习，以长期投资、扎根南非的方式在南非经营。

吴少康是这么说的，他也是这么做的。他自己来南非从创业开始至今一待就是二十多年。

执客家之道，营天下之商，财上平如水，人中直似衡。

心中容得下五洲四海，就能与全世界做生意。

客家人这种坦荡的胸怀，为他们铺平了通往四面八方的经商之路。

黄姓是客家人中的大姓。

散落在世界各地的黄姓客家族人口中有这样一首认亲诗，这首诗字里行间，处处充满了浓浓亲情，同时也有着一种令人奋发向上、不怕困难险阻、积极进取、勇于开拓、艰苦奋斗的豪迈气概。

信马登程往异方，任寻胜地振纲常。

足离此境非吾境，身在他乡即故乡。

早暮莫忘亲嘱咐，春秋须荐祖蒸尝。

漫云富贵由天定，三七男儿当自强。

诗的作者叫黄峭山，唐代邵武和平坎头村上井人。

如今这首诗不仅是世界黄姓华人公认的认亲诗，也因黄姓客家人的传播成为全球客家人奔走异乡、艰苦奋斗的真实写照。

正是这种不畏艰险的奋斗精神，使得黄峭山的后辈们从邵武走向闽粤，散布九州。

正是这种艰苦奋斗的精神，使客家人从中华大地拓展到东南亚以及南非、美国、加拿大等国家。

作为黄峭山的后代，黄石华博士是世界客属第一届恳亲大会的创办人、奠基者，全球客家·崇正会联合总会总执行长。

从事客家人社团联络工作超过六十年的黄石华，是客家人所敬重的精神领袖，客家人都亲切地叫他"客家阿叔"。

1968 年，黄石华出任香港崇正总会的理事长。

1971 年，崇正总会成立五十周年之际，黄石华依据崇正总会的宗旨中有"联络海内外客属人士"，向会长张发奎提出，可以利用这个时机，举办一次客属恳亲大会。

作为国际上具有广泛影响力的华人盛会之一，世界客属恳亲大会始于 1971 年，基本上每隔两年在世界各地取得申办资格的客属城市举行一届。

这一次，黄石华亲自到世界各地邀请客属团体参会。

在他的努力下，一共有四十个国家和地区的客属团体代表参加这次大会。

从那之后，不少国家和地区的客家人联合起来，纷纷挂牌成立自己的客属团体。

让我们重温 2017 年在中国深圳举办的首届全球客家团拜暨春节文艺晚会，那充溢着熟悉乡音和浓浓乡情的夜晚，让来自天涯海角、相聚一堂的客家人如同投入亲人的怀抱，寻根问祖，互道情怀，执手而谈，共话桑麻。

几十年来，随着中国改革开放的不断深入，大批客商加入大陆经济的内外循环，助力中国经济在海外的投资与拓展。

频繁的往来之间，他们不忘返乡祭祖，并热心于各类的团拜、恳亲、论坛等活动。

当火把汇聚成火龙，当塘火演化成聚会……

客家人在融入新环境的同时，不忘呵护自己的文化习俗，他们虽经历迁徙磨难，那些精神仍一代代传递下来。

岁月让时空的场景不断切换，但这一切并没有阻隔客家人聚集在一起时心里涌动着的温暖和记忆。

千淘万漉虽辛苦，吹尽黄沙始到金。

多少客家人涉水南洋，南抵好望角，置身他国异乡，过着漂泊不定的日子。

然而，纵使他们历经难以想象的磨难与创痛，但是依然守护着不曾有半点迷失的精神内核。

客家人历尽千辛万苦，世代相传的不是房屋、地契和看得见的财产，而是比这些更为珍贵的典籍、堂号和族谱，以及铭刻在他们内心的家传古训。

这一切，激发了他们敢为天下先的勇气与信念，使其在任何恶劣的环境中都能够生存下去，与此同时，他们用勤劳的双手构筑自己新的家园，敞开怀抱拥抱新的生活。

第六集　家风永续

解说

客家人的迁徙方向在很早就确立了是东南方位。

伴随他们南迁的步伐，华夏文明的中心，也不断向东南扩展。

在此历史进程中，汉民族衍生出八大民系，其中北方吴赣、湘粤、闽北、闽南等七大民系，都是以地域命名的，唯独客家民系超越了地域，因为他们始终都在路上。

从时间的纵轴上看过去，客家人走到哪里，就把华夏文明的种子带到哪里。

让我们回溯客家人漂泊的经历，掠过魏晋、唐宗宋祖，穿过武夷山南麓的汀州，直下赣南，所经之地无不留下客家人生活的痕迹。

祖祖辈辈的客家人在收束行囊、上路南行时，不约而同地都会把族谱和祖骸背在身上，他们在异乡落脚的第一件事就是修筑祠堂供奉列祖列宗的牌位。逢年过节，举凡家族中的重大活动，都要举行祭祀祖先的仪式。

至今，在传统的客家祖地——福建宁化，仍然保留着十分完整的祭祖仪式。

每年农历九月前后，宁化人早早做好准备，井然有序地为祭祖大典做好各种铺垫。

方圆几百里的客家人纷纷赶来参加这一盛大的活动。

许多海外客家人甚至从世界各地赶回祖地，风尘仆仆，共襄盛举。

浩大的祭祖仪式首先从迎请祭旗开始。

升旗献花之后是井然有序的献帛、献爵环节。

献罢祭文就到了祭祖的高潮，吟诵祖训的内容是这场祭祖活动的重中之重。

祭祖的人群倏然静了下来，聆听祖训的声声教诲……

响彻千年时空的客家祖训荡气回肠，教诲了无数子孙要励志正品，成就人生，光前裕后，引领着客家民系历尽坎坷，终见坦途。

客家祖训所聚焦、所折射的中华传统文化的万丈光芒，势必与日月同辉，照亮代代后人的前行之路。

客家祖训所蕴涵、所宣示的世界真谛、人生哲理，势必与山河同在，见证更加辉煌的时代华章。

闽西宁化石壁，客家人最早落脚的地方，有着悠久的历史，体现客家文化精神的历史遗存相当丰富。

客家祖训是其中的结晶之一，源远流长，传承至今。

宁化现有宗祠二百三十五座，最早的始建于唐代。

祠堂与族谱是双子星，是孪生体，建祠修谱，自古有之。

目前宁化一百六十九个姓氏中共有族谱二百六十九种，最早的可上溯至五代时期。这些族谱绝大多数都载有客家祖训，名称又叫族训、族规、宗训、宗规、祠训、祠规，还有的叫先祖遗嘱、遗诗、族诗等。

这些祖训，规条多寡不同，篇幅长短有异，文字表述各有千秋，但不管形式如何多种多样，宁化石壁客家祖训的根本宗旨、基本内容，无一例外都是在彰显中华文化的核心理念，传承中华民族优秀传统。

穿越与宁化石壁一山之隔的隘口，就到了赣江源头的石城。石城素有"客家摇篮"的美誉，是客家先民迁徙的重要中转站，也是客家文化的重要发源地。

至今，我们依然能通过这里的建筑与民俗清晰地辨识出客家先民的古风遗韵。

沿客家先民迁徙的路线，翻过五岭，来到岭南的梅州。

梅州地处粤闽赣交界地带，山水相倚，人杰地灵。

客家人选择在这里傍山而耕，结棚而居，并世代在此繁衍生息。

梅州置州有数百年了，南汉时设恭州，后又改称为敬州。

入宋之后，因为宋太祖祖父名敬，为尊者讳，于是诏令改为梅州——因梅花而得名。

从中原迁徙而来的客家人中，不乏出身书香门第的学人士子，他们把源自中原的文化典籍完完整整地打包到了梅州，并在梅州按照原乡的格局重建书院、祠堂、学堂、学宫，将客家人崇尚文化的香火很好地传承下来，也为客家人在清代因科举考试盛事连连而赚足了面子。

南宋方渐描述道："梅人无植产，恃以为生者，读书一事耳，所至以书相随。"

说到梅州，不能不提梅州书院。

梅州书院的源头，要追溯到当年北宋时的朝中重臣刘元城。

《宋史》上说，刘安世，字器之，北宋魏州元城县（今河北大名）人，号读易老人，学者称元城先生。

元城先生当时已是燕赵名士，为学严谨，人品端正，却因党派之争及不畏权贵，被大奸臣章惇迫害，被贬梅州。

刘元城到梅州之后并没有被官场上的困厄吓倒。

他在梅州四年，传道讲学，兴建书院。此后，读书兴学之风在梅州盛行。

元城因梅州而闻名，梅州因元城而兴盛。

到了1842年，鸦片战争后，清廷国门洞开，西方传教士开始纷纷拥入中国择机传教。

然而，中英《南京条约》中虽然明确了外国人可以在中国被迫开放的五大口岸通商、居住、办校、行医、传教，但当一些传教士试图由此进一步向内陆省份扩张时，依然遭到了宗族势力和民众的抵制，甚至被当地政府驱逐。

而久居广东地区的客家人却从多年与西方人交流的过程中体会到了不同于传统文化的力量，客家人在迁徙中形成的兼容与学习能力，让他们面对不同的文化，不仅没有排斥，而且还抱着接纳的心态。

起源于巴色城的布道机构——巴色差会，第一批到中国布道传教的人员就是在毗邻香港的新安县一带传教。

他们在这里建立教堂的同时，还创建了大批医院和学校。

虔贞学校就是在这一时期创立的。创立初期只招收女学生，后来随着规模不断扩大，虔贞学校男女同招，成为这一地区有名的一所学校。

走在虔贞学校的旧址，看着斑驳的墙壁、布满苔痕的操场，我们仿佛依然能听到孩子们朗朗的读书声。

当时学校分小学与中学两部分，小学教授算数、历史、地理、音乐、美术、体育等，中学时增加德语、代数、几何、物理、化学、生物还有管风琴、五线谱等。

越来越多的客家的孩子们，从这些新式课堂里接触到了社会科学和自然科学内容。

学校仿佛打开了一扇窗，让孩子们通过这个窗口看到了一个全新的世界。

虽说巴色差会最初的办学动机是以传教为主，但还是给客家人带来了西式的教学方式。

教会学校大多实行男女同校，男女平等接受教育。

客家人后代的成长离不开家庭的熏陶，尊师重教是每个客家人的传家之宝。

即使漂洋过海，只要有唐人街的地方，就会有华人兴办的学校。

乡音是最好的召唤，哪怕是在海角天涯。适逢这一年的端午节，我们循声索迹来到了南非。

南非的客家人不论来自大陆还是台湾地区，相逢唯有乡音与乡情。

大家像一家人一样，陶醉在节日的团聚之中。

南非约翰内斯堡距市中心不远的华心华文学校，是依靠华侨的爱心捐助建立的。

学校不以营利为目的，而是为了让这个区域的华侨子弟能够接受包括传统文化在内的基础教育。

窗外商贾之声不绝于耳，窗内不断传出孩子们的欢声笑语。

南非现有近四十万华人华侨，包括客家人在内的所有华人都把教育列为头等大事。

孩子们在异国他乡也能够用中文接受基础教育是他们共同的心愿。

对普通华人家庭来说，生活即使再拮据，也会把孩子的教育费用列为必需的开支。

学校发展所需的各种经费，大多是由华侨侨领号召大家集体捐助的，这是华文学校得以维系和不断发展的一个有力的支点。

在约翰内斯堡北区，客家人陈焕全正在圆他一个酝酿已久的梦，他想利用多年在商业打拼中的积累，联手南非一家综合大学，共同创办中文学院。

学院获得批准以后，陈焕全第一个想到的是把这所学院打造成具有客家文化风格的校园。

他甚至想到了童年时在围屋里和伙伴们嬉戏追逐的情景，他一再坚持把客家传统建筑的元素移植到这里。

为了完美实现这一愿望，学院建筑的一砖一瓦都是从遥远的原乡运过来的。

从南非到东南亚，横跨六个时区，就是与马来半岛隔海相望的沙巴。

崇正中学地处马来西亚沙巴州亚庇市。

顾名思义，崇正代表客家人传统意义上的崇尚正义，隐含着客家人办学的初衷。

1965年，面对一群又一群失学无法升中学的少年和彷徨无助的家长，沙巴当地客家乡贤，发挥守望相助的精神，出钱出力，毅然创办了沙巴崇正中学，为孩子们提供就学机会，让小学会考不能毕业和有志接受中文教育的学生，都有能继续接受中等教育的机会。

经过五十多年的发展，这所学校秉承崇正的客家文化，在当地已经成为一所名校。

一批批客家的孩子从这所学校的校门走出，他们在这里接受了汉语、英语、马来语三种语言的基础教育。

现在，这所学校规模不断扩大，学校不仅有当地的客家孩子，也有不少马来西亚本地人的后代。

五十年的风风雨雨，沙巴崇正中学走过了一段不平凡的办学经历。

自1968年起，马来西亚教育部决定提供九年的义务教育，取消小学会考。以招收未能毕业的小学生为主的华文独立中学，受到了直接的影响。

到了 1974 年，全校学生仅剩下二十四名。

随后沙巴基金局来函要求接收学校，在社会上出现了学校会被关闭或售卖的声音。

沙巴当地客家公会纷纷表示，坚决反对售卖校产，并组织全州客属人士讨论学校的改革方案。

从那以后，沙巴州的华文独立学校，逐步走向社团支持、校董管理的变革之路。

关于这段历史的评述，我们通过学校官网发布的校史中那激昂的措辞，至今能清晰地感受到当时的困境，以及那些马来西亚客家有识之士，为守护根源文化教育而表现出的坚定的信念和团结的力量：

在彷徨失措之际，我客家后彦和前辈，再次发出正义的吼声，唤起群众，不向恶势低头，沉着应战，作出重大和划时代的决定；一面广征人才，选贤与能，广纳善言，勇于创新；一面另辟办学理念，改善教学目标，锐意改革，致力复兴。

薪火相传，一脉相承。

海外的客家人每一步都离不开坚持，尊师重教，砥砺前行。

十年树木，百年树人。

为了让客家人的后代能够不忘先贤们的奋斗经历，还原先辈们披荆斩棘的创业场景，海峡两岸的客家人积极互动，当仁不让。

依山傍水，记住乡愁。

在粤求学的台湾学子踊跃参加岭南行活动。

这是 2017 年的金秋十月，他们的口号是"青年学子创业梦·粤台同谱中华情"。

活动从历史名城广州出发，沿珠江而下。他们一路拜谒了孙中山先生的故居，重访千年客都梅州，参观世界五百强企业，站在尚未正式通车的港珠澳大桥上，领略着珠三角蓬勃发展的创新活力。

这期间，他们也来到位于东莞的台商子弟学校，参与团队拓展活动，聆听学校创办人叶宏灯先生的心路历程。

叶宏灯，台湾客家人，最早一批来大陆发展的台商之一。

一豆灯火，千年指引。

默默前行，无远弗届。

没有比一年一度的春节更能体味到客家人节日氛围的了。

对客家人来说，回家过年与亲人团聚，是一年忙到头最有盼头的大事，古人说，富贵不还乡，如锦衣夜行。

这一年的农历正月，我们摄制组选择了有千年"客家首府"之称的长汀，和这里的客家人一道过了一个让我们大开眼界的客家年。

我们并不会对春节期间这里的火爆场面感到惊讶，因为我们早已有所耳闻，令我们震惊的，是那些历经岁月的淘洗，在中原已经渐渐消失了的传统节日习俗，在今天的长汀依然得到了完美的延续。

我们相信，此情此景，我们在为客家人自豪的同时，更被他们在天地间挥洒的那份情怀所感动。

春天来了，勤劳的客家人开始以他们特有的方式迎接春天的到来……

（2018 年）

六集人文纪录片　**深圳河**

第一集　溯水寻源

字幕

E113° 17′ ~ E114° 18′，N22° 23′ ~ N22° 43′

深圳　梧桐山

解说

这是山里又一个平常的清晨，邓华山最近总是醒得特别早。

解说

这是泥土与河水相互渗透后让邓华山熟悉又满足的味道，从事雕塑创作二十多年来，他对泥土的世界仍然保持着某种近似孩子的好奇。

同期声

倾听花开的声音，寻找种子的力量。

解说

邓华山总相信自己能从泥土里听到大自然的声音。溪水流动，种子破土，草木花开……这些不仅有声音和自己的节奏，也有着属于各自的色彩。

同期声

讲述音符的颜色，有七个音符。

解说

在邓华山眼中，泥塑是最接近造物主本源的一种思维方式，他沉醉在自己的世界里对外界浑然不觉。当亚热带季风吹过，这座南方城市的雨季很快就要来临。

在密不透风的丛林里，眼前这株看起来憨态可掬的小毛球可就显得接地气多了，此时的它正淡定地等待着自己的午餐，惊险的一幕即将上演。

现场

蚂蚁被锦地罗的黏液黏住后奋力逃脱

解说

晶亮的黏液是诱饵，也是陷阱，这种生长在溪谷阳坡上专吃"荤腥"的食虫植物学名叫锦地罗。这样的剧情每天都在发生。

现场

吴健梅进山

解说

只要一有空，吴健梅就带着自己的行头跑到山里来看她的老朋友们。此时自然界的生灵们正向她展示着一幕幕生动的实景演出。

溪谷湿地是碧凤蝶和蜻蜓的最爱，它们通常在水边出双入对，交配产卵，这也是大自然中最温情的时刻。

良好的水域环境让这片险象环生的密林成为动植物们的乐园，这里终年沟谷幽深，云雾缭绕，复杂而优越的小气候让梧桐山这片以滨海、山地和森林植被为主体景观的地区成了深圳人宝贵的"后花园"。吴健梅把今天的收获悉心地带回家，安放在自己的种子博物馆里。

现场

种子博物馆

解说

这些形态各异、大小不一的种子是吴健梅近十年来跑遍大半个中国从野外搜罗回来的，她把这些种子宝贝似的爱着。

同期声

你看这个……这个像渴了的乌鸦。

解说

只要一有来访者，吴健梅总会自豪地拿出这些年的私藏，她热心地把从大自然得来的故事分享给更多人。

种子是大自然给人类的一份特殊的礼物，一粒种子就是一片森林。然而，在梧桐山里并不是所有的植物都是通过开花结果的方式繁衍生息。

这种在山涧里如同精灵般的物种，它们无叶无花无果，随雨水来，也随雨水去，存活期通常只有十天到一个月。最近，山里的野生菌开始疯长，南方的雨季如约而至。

现场

雨中林地

解说

季节召唤着雨水催生出某种"生长"的力量，这是天地间自然的默契。在雨水和阳光的黄金时代，种子成为生命最初的起源，邓华山近日又开始琢磨萦绕在他心头的疑惑。

现场

雨后丛林

解说

水，是丛林的血脉，有时候，山里会下起太阳雨，不分场次，没有彩排，整座山林就这样在水汽中沉沉睡去又猛然醒来。邓华山又听见了他所熟悉的声音。

邓华山自己家门口的小河就是人们口中的深圳。"深圳"作为地名，最早出现在清康熙年间的《新安县志》中。"圳者，田边水沟。"深圳，即为深水沟。如此说来，那么深圳河真正的源头到底在哪里？

现场

水边空镜

解说

这个颇耐人寻味的话题曾经是王若兵一辈子的研究对象。他编撰的《深圳水利志》一书就曾详细记述了关于深圳所有水利的历史和现状。

同期声

深圳河，一条赶潮的河流，海水反溯到文锦渡。从水文地理的概念说，它上游的直流最长的、流量最大的、流域面积最广的是沙湾河而不是莲塘河。莲塘河的发源地是梧桐山，沙湾河则是牛尾岭，所以按这个地理条件来说，它（深圳河）源头显然是牛尾岭。

解说

根据王若兵的说法，眼前的这座小山包就是深圳河的发源地，同时也是东江水系和珠江水系的分水岭。当雨季来临，季节性降水汇聚到山脚下的黄牛湖水库，再流入沙湾河，一路向南。

繁盛密实的绿荫下只闻水声潺潺却看不见河流影踪，眼前的铁栅栏和防护网让这条小溪流比中国境内的任何一条河流都多了一层神秘感，在香港人心中，这条全长不足四十公里的小河是一种边缘地带别致的存在。

字幕

香港

解说

在沙湾河与莲塘河汇合处的三岔河以下河段，一缕轻柔的白色飘带绕城而过，这条只在汛期欢腾、秋冬静默的小小河流终年不息地向前流淌着。

现场

航拍莲塘河

解说

也许是牛尾岭山顶上的一滴雨，也许是梧桐山顶上的一片云，择岸而居的都市人顾不上这座城市的细节，他们大多数时候更愿意相信那条"小河弯弯向南流"的深圳河是一条从天上来的河，因为它只在汛期才驾到。

现场

一组城市雨景

解说

高温散去，当雨水再一次光临这座滨海之城，城里的人们因为这场突如其来的雨放缓了脚步。

一场酣畅淋漓的大雨过后，邓华山会带着女儿在自家门前的空地上写生，吴健梅也会再次去到山里和老朋友们约会，还有人将去山里取最清澈的泉水煮茶。水，就是这样滋养着这片土地上的人们。如果说河流是一座城市的本源，那么对生活在这里的人们而言，那条滋养着所有生命成长的河流更多的时候是流淌在他们心里的。

第二集　空谷幽兰

字幕

N22° 36′ 26″，E114° 18′ 15″

现场

蜜蜂在鸭脚木上采蜂蜜

解说

当清晨的阳光照亮了树梢上的每一片叶子，一群勤劳的小精灵又开始了它们一整天的劳作，浓烈的花香混着不远处吹来的海风，蜜蜂们正贪婪地享受着这里的每一寸日光和花蜜，这是深圳最好的时节。

现场

蜂场环境

解说

每年这时候，这片梧桐山谷的空地上都会迎来这样一群客人。五十四岁的罗家通是这里暂时的主人，大家都习惯称呼他为罗老大。今天，罗老大比往常起得要早，他要趁寒气袭来前给小家伙们调整一下住处，以便让它们更加舒服一些。

对蜜蜂王国而言，一只好王就等于千斤蜜。罗老大用人工的办法制作了蜂王台供蜂产卵。也是一个偶然的机缘让罗老大开始了自己的养蜂生涯，没想到这一养就是三十多年。

同期声

十八岁那个时候，跑一群蜂来我家里，在家里我养一点，我二十多岁出来买了十多群蜂养，以前养意蜂，那个意蜂可以取蜂王浆，意大利蜂一箱可以取三两蜂王浆，一般我都请三个人帮我养。

解说

罗老大一家是湛江人，早年养蜂尝到甜头后，他觉得自己的人生里再也找不出比养蜂更有意思的事儿了，很快就和自己的弟弟罗家辉一起打理起他们的养蜂事业。

同期声

蜜蜂的性格有些不同，有些凶狠一点，有些就好像文明一点，有些一打开马上要出来叮人，有些不会叮……

解说

每一只蜜蜂都有自己的小性格，它们终其一生就是采花酿蜜，也只有在冬天才得以短暂休息。而这恰巧也是罗家兄弟最忙碌的时刻，因为打冬蜜的日子就要到了。打冬蜜是养蜂人一年一度的大日子，于是罗老大叫了好几个自家兄弟帮忙。冬蜜的主要来源是荒山里的鸭脚木，早在半个月前，罗家兄弟二人就把近千箱的蜂箱都从江门、韶关一带搬到了这片"宝地"上来，他们要在这里开始长达近两个月的居住，直到花期过去。

字幕

上午 10∶00　梧桐山　兰花基地

解说

冬天的阳光让一切都显得格外美妙。Lorenzo 是这片基里地唯一的外国人,他来自意大利的罗马。两年前,对中国文化十分向往的他从遥远的地中海海边来到了深圳梧桐山的山脚下,他想在植物的根细胞分子和森林兰花领域做更多的研究。

空镜

兜兰被灌溉

解说

这种花形有兜、酷似拖鞋的兰花学名兜兰,又叫拖鞋兰。它也是世界上最原始的兰科类群之一,因此又被誉为"植物界的大熊猫"。和依附在树木、岩石上的兰花不同,兜兰通过发达的根系吸收养分。此时的兜兰正值花期,它们竭力地绽放,一边优雅地沐浴着温室所带来的美妙,一边释放出丝丝暗香等待美味光临自己的兜子。

由于兰花对生长环境要求极为苛刻,好湿润温暖,又忌阳光直晒,因此水成为兰花最重要的生命之源。从梧桐山流出来的泉水终年不绝地滋养着这片奇异的园子,数十种高大的亚热带乔木则化身成兰的依附母体,它们温柔又极富耐性地供应着兰花们需要的全部养分。中国的一千四百多个兰科品种在这里就能找到一千多种,这是我国面积最大的一片兰花基地。

空镜

各类兰花

Lorenzo 像几乎所有的年轻人一样，总是期待在有生之年尽可能去更多的地方，也乐意和同事们一起做任何工作。文化的差异并没有让他感觉到隔阂，生活习惯的不同，反而总让他觉得一切新奇又浪漫。

同期声

深圳的环境质量是很好的，我还很喜欢大海，因为我的家乡罗马也是沿海城市，我父母的家就在海边在深圳，这些事情我都能去做，登上深圳最美的山峰，例如梧桐山，就能看见无与伦比的海景。

解说

就在几个大男人忙得起劲时，王大姐从山脚下的家里赶了过来，她今天的首要任务就是给兄弟们好好打打牙祭。王大姐并不是道地的广东媳妇，这个曾经嗜辣如命的湘妹子如今烧得一手正宗的湛江美味。稍作休息，她就开启了巧妇模式。

水源是决定蜂场优劣的重要指标之一，从山里流淌出来的清泉不仅是蜜蜂们的重要水源，它也承担了养蜂人们最重要的生活用水。不出半小时，美食上桌，都是自家兄弟最爱的几道家常菜。只要是赶蜂的日子，开餐前喝自家酿制的蜂蜜酒向来是罗家一条不成文的例牌。正午的阳光越来越暖，蜜蜂们也更加活跃，一顿用山泉水做出来的野外午餐在此刻显得美味无比。二十多年的养蜂生活，也让王大姐这个曾经挑剔的湘妹子逐渐习惯了这种看天吃饭的日子。

同期声

我觉得一下来的时候一点都不惯，后来慢慢惯了。还是一样，下雨的时候，地下湿湿的，睡在哪里都不舒服的，地下都是湿的，春天的时候在从化那边，那个穿雨鞋啊，下雨啊，在那滴的地方，下面就是水，你就睡在床上，穿雨鞋才进得去。

解说

日子虽然艰辛，但是王大姐相信只要有蜜的日子总会越过越甜。没过多久，就有熟悉的老客户自动找上门来买蜜了。有时候，他们一天就会接待上好几拨这样的客人。今天的收成不错，近百斤的蜜够大家高兴上好一阵。罗老大觉得，最近这些风餐露宿的日子没白挨。

现场

蜂场

解说词

冬天的午后总显得特别短暂，当天色逐渐暗下来，一家人围坐在一起吃顿简单的晚餐，一天的忙碌也算是接近了尾声。弟弟罗家辉夫妇离开，罗老大则继续留守山中，等待新一天的到来。

空闲之余和朋友们跳舞是 Lorenzo 最重要的娱乐活动，他也乐意把自己从家乡学会的舞蹈教给自己的中国朋友。今天的这支舞蹈对 Lorenzo 来说有着特别的意义，因为他不久就要完成自己的工作，离开深圳去北方了。他和朋友们告别，也和园子里的每一朵兰花告别，就像刚来的时候一样。

有人正要离开，有人却刚刚抵达。Annie，纽约人。刚满三十岁的她是美国伯克利大学人类学的在读硕士，这是 Annie 第二次来到这里。今天，她约见了自己在本地的中文老师。和以往不同，这一次，Annie 打算长住在这块让她心心念念了两年的村子里。远离了纽约式的喧嚣和狂热，恬淡的山居生活反倒让她多了一份难得的自在和从容。在 Annie 心中，这是一个谜一般的地方。

同期声

我觉得人们从不同的城市来到这里是因为他们是艺术家，也因为他们想要历练一下，也许还因为这里有波西米亚风，慢节奏的生活。

解说

山里的日子很快就让 Annie 把日子调整成了自己最舒心的模式。阳光明媚的暖冬是做户外瑜伽最好的时候，只要不下雨，Annie 几乎每一天都要早起，她觉得自己只有在真正完成了瑜伽后，才算是一天真正意义上的开始。这也是她从小就养成的习惯。

山里的木棉什么季节开花，溪水何时会变得更清澈，忙碌到底是不是深圳人真正的标签……这些看起来平淡的小事在 Annie 的世界里却是有着无穷的乐趣。她把这里看成一个大型的游乐场，自己则是这个游乐场的观察研究员。因此，和居住在这里的各种山民相处也成了 Annie 每天最认真的日常。

在这片喧嚣和宁静结合的中间地带，四季常绿。对生活在这里的山民们来说，又是一个漫长的暖冬。带着对这座城市的记忆，Lorenzo 早已在北方天空里和他的植物们再续前缘，Annie 依旧每日写作、练习瑜伽和观察山民生活，而罗家兄弟也早已收拾了蜂箱启程去向鲜花更繁盛的地方。

距离这里十公里外的城市中心，忙碌的人们继续忙碌，三月的木棉花热烈地簇拥盛开，仿佛在向人们昭示：这座城市的春天已经来临。

第三集　两岸人家

字幕

香港屯门海鲜市集

空镜

海港

解说

今天的关健雄比平常下班稍微早一些，他想趁新年忙起来之前赶紧和家人一起吃个饭，这也是他们家一年到头难得的"团圆饭"。

家庭聚餐是香港人工作之余最好的调味剂，不用多久，海鲜餐厅里擅长料理的大厨就能让客人们的味觉惊艳。关健雄心里清楚，自己陪家人的时间越来越少，但他仍旧觉得岁始年终的时候应该聚聚，这长辈们留下来的传统不能丢。

晚餐结束后，关健雄带着妻子来到自己从前工作的地方，这是属于他们夫妻俩之间的"小确幸"。有轨电车——这个在大多数香港电影和文学作品中被过度浪漫或惊险化的道具，和它打交道曾经是关健雄最惬意的日常。

二十年过去了，关健雄的工作仍旧是和列车打交道，只是地点转战到了深圳。每天无论多晚回家，他唯一要确保的事就是第二天早上7点准时从家里出发，然后过关搭乘8点准时从福田口岸开往龙华清湖的地铁。

这是一座城市每天准时醒来的声音。和大多数乘客一样，关健雄是在地铁上向这座城市说早安的，又和大多数乘客不一样，他是这趟列车上的车务总长。当地铁靠站，他又要开始新一天的忙碌了。

此时，在这座城市的另外一个角落，一群道地的本地原住民正在从事一项简单而严谨的工作，他们的协作将是确保盆菜宴口感的第一步。

大半天过去，整个村子里都弥漫着一股馥郁的香气，广东一带的红白大事几乎都是伴随着盆菜香而完成的。新年的全族盆菜宴更是如此。

现场

红灯笼

解说

深圳河上游河段的一个小村子里，这里的村民们同样在为盆菜宴的到来而兴奋，新年的气息慢慢浮现。

罗湖长岭村，它和对岸香港新界的莲麻坑村隔河相望。边境保护政策让这个老村的面貌基本停留在半个世纪之前，"跨境耕作"曾是这里村民最重要的农事活动之一，因此"长岭耕作口"也就成了深圳河上的第一道跨境耕作口。如今，它则更多地成为村民们逢年过节采办年货的便捷通道。

字幕

中午12：00

现场

会议室

解说

新年近了，关健雄在地铁4号线比平常更多了一份心思。这条位于深圳中心区中轴线上的地铁运输路线又叫龙华线，它也是深圳第一条南北走向的地铁线，负责输送每天数百万人次的出发和归来。

现场

总控室

解说

在办公室里开例会、在地铁现场纪检和巡查就是关健雄近期工作的主要内容，他必须二十四小时对这趟列车上的大小事务了如指掌。

地铁特殊岗位上的员工都必须具备某些特殊的技能——保持

长时间的专注，忍受孤独，和黑暗打交道。今年二十四岁的黄莹莹小时候就对轨道特别感兴趣，长大后这个梦想以成为列车司机的方式变成了现实。在地铁4号线近两年的时间里，她每天的工作就是和轨道亲密接触。关健雄有时候担心年轻人不习惯，他索性持续跟车，确保春运万无一失。

在这座没有冬天的城市里，此时的人们连忙碌都透着喜庆。

廖虹雷的行程也一天比一天满了起来。

廖虹雷，本地客家人，深圳民俗研究专家。今天，他早早就来到了长岭村和那里的叶氏村民共吃盆菜。祭祀同一位祖先，吃一个盆子里的菜，深圳和香港以这种特殊的方式关照着彼此……这个村子里的一切对廖虹雷来说都如数家珍。

当暮色渐浓，盆菜上桌，一盆一桌一群人，这由十多种食材混合叠加的盆菜宴也就正式开始了，食物也在这一刻成为抵达人心最便捷的途径。不停翻找，不许客气，让同族的人也就一起时来运转，这大概就是吃盆菜最带劲的感觉了，欢笑声和盆菜香一起此起彼伏。当穿过山谷的风再次路过地铁时，关健雄又一次从深圳过关，飞奔在赶回香港家中的路上了。

顺水而下，在深圳河中游的东门地段，这里终年人声鼎沸、热闹异常，老深圳人亲切地称呼它为"老东门"。明朝中后期，这里的墟市沿河而建，极为繁盛。时代的更迭，让昔日的河流早已改道成暗河。二十年前的一个冬天，廖虹雷离开了自己已生活了长达近半个世纪的地方。

上大街，一个在廖虹雷心中挥之不去的名字，他人生里最重要的时光几乎都是在这条老街上度过的。那些曾经极具市井风情的画面都是廖虹雷心底最真切的念想。

每一条路，每一个名字，都是廖虹雷近二十年时间里在这座城市来回搬家的全部家当。

同期声

对面的就是我的办公室，后面就是我的家。城市的改造，一切记忆都没了，多想看看黄昏落日、石板小街道……

解说

深圳流传着这样一种说法：深圳人没有乡愁，因为这座城市太年轻了。然而，对廖虹雷来说，写作却是他后半生极其重要的精神出口，他用这种方式狂热地凭吊着过去。在退休后的十几年里，廖虹雷专注民俗研究领域，相继出版了近十本书。也许是因为小时候住在河边的缘故，他的文字里也总是带着水汽。

同期声

我写了《沧海桑田深圳河》。

解说

廖虹雷说，也许是年纪大了，人就变得容易怀旧。看着眼前这座城市越来越好，自己反而觉得离故乡远了。

同期声

一年三百六十五天，我可以天天吃面，妈妈给我做面条，我自己还会包云吞。

三道工序，五分钟，这是一碗拉面出品的时间，也是高文安最初从母亲那里启蒙的关于"家"的全部想象。这个被设计界誉为"香港室内设计之父"的香港人宴请朋友的方式之一就是：给朋友做一碗拉面。

在上海出生，在香港长大，在澳洲留学，这是许多香港人的成长轨迹。在自家面馆的隔壁，是深圳小有名气的设计行业情报交流站。有时候，高文安自己也感慨，当年脑子中的一个模糊地带竟然成了自己事业王国的起点。

同期声

第一次来的时候是1958年，我那个时候是从罗湖关口过来的，过了桥以后就到了中国的边界，所以我很清楚地记得我走过一座桥，但对深圳这个城市就一点印象都没有。

解说

跨过记忆中的桥，三十岁那年，高文安在深圳创办了自己的第一家设计公司，随后在设计界小有名气。他曾经在半百之年以雕塑般的身材在设计界引起一片哗然，至今为许多人津津乐道。他认为，事业只是身体的外延，从此更加游刃有余地将中国的传统文化注入西方的现代生活中。

也许是设计师身份的关系，全世界地寻找灵感总能让高文安发现理想的可居之地。新年近了，他也即将出发前往英国。时间就像是一味奇异的催化剂，它催生出种子萌芽，也提醒倦鸟归返，还怂恿着人们适时离开或抵达。

2017 年　除夕

解说

　　大年三十包饺子是港铁员工们自发组织的传统，今天关健雄早早地就来到站点的休息室里准备和同事们一起过除夕。农历新年在每一个中国人心中编织了一张具有魔力的网，整座城市都沉浸在新年的喜悦里。

现场

　　下沙舞狮

解说

　　食物的味道、利是的味道、年的味道。如果说味道是有记忆的，人们在新年这场集体的寻味仪式中，寻找过去也期盼未来，乡愁得以治愈，这也是世世代代深圳河两岸人家不变的集体记忆。当这座城市里的长者们正在思考责任和传承时，停不下来的年轻人早已在憧憬新的诗意和远方了。

第四集　划界钩沉

字幕

　　哪怕一刻钟的生命也是生命。当你挽救了一条生命就等于挽救了全世界。

解说

《辛德勒的名单》是孙霄最爱的曲子，它的同名电影孙霄看过很多遍，这是一个关于战中救赎和重生的故事。如今，拉琴、做学问成为孙霄从中英街历史博物馆退休后的全部生活重心。孙霄心里清楚，这大概是他和中英街有所牵绊的最好方式了。

现场

中英街海边

解说

中英街历史博物馆坐落在深圳盐田沙头角镇的海边，从梧桐山东侧流下来的深圳河水在这里悄然入海，这也是孙霄年轻时最中意的地方。与他的家乡古城西安不同，这里没有黄土高原的苍茫雄浑，却多了分来自海天之间的辽阔旷远。海，总是带给人们无限想象，沿着深圳河自东向西，在这条河流的另一处入海口，有一位老人也总是守望着大海。

这片海边的红树林是陈秉安经常发呆的地方，每天变幻着的潮水、觅食的飞鸟、日出和日落都是陈秉安关心的对象，最近他的第二本新书就快要完成了。

同期声

你看这个海湾，对面就是香港，平常很多白鹭，海鸟就能飞过去，当时人都不让过去，人都过不去，多少人想像鸟儿一样飞到香港去。

陈秉安口中那个"想像鸟儿一样飞过去"的时期,便是 20 世纪 50 年代至 80 年代发生在深圳河边上的那段让人唏嘘不已的历史。当年,本来在报告文学领域小有名气的陈秉安凭着记者的敏锐直觉,偶然的一次机缘让他在一段鲜少有人提及的历史里嗅到了某种东西。

同期声

我感觉到了"逃港"这个题材的重要性和价值以后,去深入了解它(之后)觉得应该把新闻性的报告变成一个对历史的思考和记录。

解说

"大逃港",一个在 20 世纪曾让人讳莫如深的词,这一跨度长达三十年的集体逃亡史也是每一个逃亡个体的心灵出逃史,近一百万名内地居民从深圳越境泅渡深圳河逃往香港,陈秉安试图通过这些个体找出真相。这段特殊时期的历史资料被封存在中英街的历史博物馆里,如同任何一段被尘封的历史一样,人们在那里明史、警心、体察古今。

字幕

3 月 18 日上午 10:00 深圳中英街历史博物馆

解说

钟声在这片海域响了整整十六年,每年的这一天深港两地总有一群人在这十八下钟声里短暂地相逢,为了一份共同的铭记。

每一次钟声的响起都是对历史的一次反思和警醒。这是孙霄退休后第一次回来参加博物馆的活动，只是这一次他由以前的参与者变成了旁观者，心中免不了有些许失落。

同期声

中英街以前没有博物馆，1995 年我来就有了。

解说

中英街，原名鹭鹚径，这条宽不过四米、全长不足二百五十米的老街骑楼林立、人流不息，来自香港和世界各地的百货商品让人们依稀能窥见当年最繁华时期的景象。不过外界对它印象最为深刻的依然是曾经森严的戒备和充满神秘色彩的历史故事，因此这里又被称为"特区中的特区"。

当时间像潮水一样退回到一百五十年前的道光年间，从梧桐山上流下来的沙溪河水滋养这片土地上的客家人，小小的河床逐渐热闹起来，他们称呼这片咸淡水交接的码头地带为"东和墟"。直到 1898 年，一份叫中英《展拓香港界址专条》的条约彻底改变了一条河流的命运。

同期声

1898 年 6 月 9 日，李鸿章和英国公使在北京签订了一个中英《展拓香港界址专条》。3 月 16 号他们来，到 3 月 18 号就结束了划界，他们从大鹏湾畔，就我们今天看到的中英街博物馆的广场的一号界碑开始勘界，然后就一直沿着中英街——原来是一条干涸的河床——他们就竖立这个界桩，一直到梧桐山。

解说

从此，"以河为界，分而治之"的状态就持续了一百多年。没有哪一场战争是值得夸耀的，然而任何一场战争遗留下来的历史却值得我们永远铭记。1998年，孙霄上任不久就立即组织社会各界开展了一场名为"寻找中英街界碑"的活动，在当时引发了不小的轰动。对考古专业出身的孙霄来说，石头自己会说话，而中英街每一块石头的存在仿佛永远都在提醒人们过去的历史不只是历史。

同期声

中英街的三号界碑，位于中英街路口，通向新界的这个三岔路口，它有很多历史故事……

解说

1997年香港回归时的这一幕曾经鼓舞过每一个中国人的心，中英街见证了那段长达一百多年的特殊历史。

也许是一块碑，也许是一口井，还可能是一棵树……走在中英街上的每一步都可能在和历史对话，某种程度上讲它就是一座活生生的博物馆。孙霄至今也无法忘记，二十九年前他第一次来中英街时的情景。

特效

《大逃港》一书封底的手绘地图

解说

这曾是深圳河边上三条最热门的"逃港"路线，也是那个特殊年代的青年男女们想要摆脱当下命运的"龙门",对于年轻时的陈秉安,深圳边上的东部地区总是有着某种隐秘的召唤。

同期声

我第一次是1992年来到中英街的,中英街里面有新华书店,有一个影剧院,我当时在这个社文处呢就分管这两条线,当时看到的中英街还是人非常多,人头涌动的,非常拥挤,几乎没有办法在中英街穿过,我们到中英街中间,因为书店在榕树旁边,我们是从海傍街中间插进来中英街。

解说

就是这样一棵苍翠勃发的古榕树见证了孙霄风华正茂的青年时代,也见证了旧中国的烽火连天。在距离中英街不远处的梧桐山里,曾流传着一个个关于"出逃"的故事。

同期声

(车上)当年我到这一块来的时候,是旧的铁丝网,旧的铁丝网下面是芦苇,芦苇后面就是深圳河,我当时在这里的时候停留了很久,我就在这里想,也许当年我是"逃港者"中的一个人。

解说

在这场群体逃亡事件中,陈秉安用他自己的方式解读着那段历史,其中女性身上所流露出来的那种果敢、坚韧和豪爽也总是牵引着他的思考方向。

历史是残酷的,也是严肃的。这方不大陋室既是陈秉安的卧室,也是书房,他就是在这里完成了《大逃港》的全部创作。陈秉安喜欢站在自家阳台上看海，海的另一端就是香港，这是他早年为自己选择的住处。

同期声

就算是死也要在这片海域。

解说

"就算是骨灰也要和那些人在一起。"这是陈秉安和朋友们聊天时常开的一个玩笑。如今，距离陈秉安 2010 年出版第一部《大逃港》已经七年时间，但仍然有不少人登门拜访求证那段令人难以言说的历史，今天的来访者是专程从香港赶过来的。

同期声

在这个水边上有我的理想和寄托，也有死在水中的冤魂，如果哪一年我去世了，我的愿望就是把我一半骨灰撒在深圳河中，跟那些曾经留在河边上的那些人在一起。

解说

陈敏斌，香港纪实舞台剧作家。这次特殊的会面对他来说，十分重要，因为从两年前开始，他就和几个热爱舞台剧的朋友们一起自掏腰包筹备以"大逃港"为背景的纪实舞台剧。

这只花猫是陈敏斌最亲密的玩伴。十五年前，陈敏斌不顾家人劝阻把自己丢在了这个远离香港闹市的小村子——西贡。对陈敏斌而言，这里安静的半隐居状态可以让自己更专注地从事创作。

同期声

我们很严格，希望每一个出来在舞台上的，虽然是由演员演绎，但我们希望他们的每一个字每一句话都是来自真实的主人翁，而不是我们去做任何的创作。导火线可能是陈秉安先生的书给我的一点看法，但是我个人的原始经历就是来自我爸爸，爬山过河，你向着南方，向着有光的地方，你就会到香港。所以光这件事是很特别，那你跟着光走。

解说

光在很长一段时间内成为陈敏斌痴迷的意象，那些和父辈出逃有关的故事湮没在他窘迫又快乐的童年里。陈敏斌并不太介意别人说自己是"逃港者"后代，相反他开始对这个特殊时期人们的心理和身份产生了浓厚的兴趣。有时候，只要创作遇到瓶颈，陈敏斌就习惯性地回到从前生活过的地方，在那里他似乎总能找到点什么。

同期声

这里就是我从前生活的地方……

几十万上百万的人曾经冒着生命危险，上山下海，有的在山上掉下去死了，有的在海里被鲨鱼吃掉或者因为冬天太冷冻死，又或者是任何原因……有的访问者告诉我他来的时候，来到香港，他有很多担心，他有什么不可以做，他来到香港只剩下一条裤子，衣服都烂了。

解说

陈敏斌给自己的舞台剧取名为《过河卒》，因为他觉得那个时期深圳河边上的人们像极了中国象棋里一枚特殊的棋子——卒。

卒未过河，只能向前，卒若过河，则可左右自由移动，却单单不可后退。

因为我有亲人我爸爸妈妈偷渡，究竟是我选择了做这件事，还是冥冥中这件事选择了我，已经没有关系了，因为已经一体了，我选择它和我有关，那它和我就是同一件事了。

解说

陈敏斌的家里收集了他从世界各地带回的小物件，最为吸睛的便是他用剧场的地板做成的休闲茶榻，他为舞台剧创作投入了自己的大半生精力。戏梦人生，人生如梦，被一条河流改变的命运大抵如此。

同期声

其实小时候都会听到家里人说，偷渡来的时候，要过这条河，在小时候的想象里，认为既然是这么惊险的故事，那这条河一定是很宽、很汹涌，有种这样的印象，但当回去的时候，就会知道，好像并不是这样。因为罗湖桥那里的深圳河并不是非常宽，也不是很深，深圳河既属于香港也属于内地。

解说

南方的夏天很快就要来了，陈敏斌也会更频繁地回到深圳老家寻找素材，陈秉安笔下的鸟儿也早已飞过了深圳和香港一海之隔的天空。当然，也有些低飞的鸟始终盘旋在孙霄的心头，不肯散去。这是一条关于河流两岸的故事，生活在那里的人们分别过、归来过，但总有共同的盼望在时光的流转中生生不息。

第五集　河上口岸

现场

罗湖口岸

解说

每天清晨 6 点半，这里的边检人员都会准时上岗，汹涌而至的旅客打破了沉静，开始了罗湖口岸新的一天。与此同时，深圳河上的九大口岸也在保持着深圳和香港的通关。

深圳河在地域上隔开了深圳和香港，但河上口岸却时刻连接着两岸。深港双城的往来故事也一直在进行。

字幕

清晨 6：00　深圳后海名苑小区

解说

清晨的景象总是美好的，可只要是上学的日子，对七岁的林一帆来说却不怎么可爱。每次穿好衣服后，妈妈焦娣都会在林一帆的脖子上挂一个黄色吊牌。

同期声

因为在以前离得稍微远一点的时候，每天早上 5 点半就要起床，6 点半就要搭上那个保姆车，坐那个保姆车去关口，我现在，去年把房子买在这边了，就不用去搭深圳这边的保姆车，就是我早上开车送他到关口，大概7点钟——因为我们离得比较近——7点钟就到关口了。然后那个香港那边的保姆阿姨也已经到关口了，我们就把孩子交给阿姨。

解说

和其他小伙伴们会合的林一帆也稍微清醒了一些。

每天早上从深圳湾口岸过关，然后跨境去往香港上学，这样的日子，林一帆已经持续了两年。

字幕

深圳　深圳湾口岸

同期声

他是在香港出生的。他长大了以后我们觉得既然是在香港生的，就还是让他在香港读书，香港也是一个国际大都市嘛，以后出国留学什么的是比较方便的，我就希望他能够在香港好好去学习吧。

解说

焦娣和母亲每次将林一帆送到涌关口岸时，总会在关口多逗留一会儿。和大多数母亲一样，对于深圳河对岸的另外一番天地，妈妈焦娣寄托了太多希望。在保姆阿姨的带领下，林一帆很快就随着浩浩荡荡的跨境队伍消失在人海里。

跨境学童，一个产生于20世纪90年代初期的特殊词汇。香港回归后，很多深圳家庭的父母把自己的子女送往一河之隔的香港上学，人们把在深圳居住、在香港读书的适龄学童称为"跨境学童"。如今，每天跨越深圳河，从不同口岸往来深港的跨境学童近三万人。为了方便学童过境，口岸甚至开设了专门的跨境学童通道。这个庞大的队伍，如同历史留置在深港两地间的巨大钟摆，每天早晚按时摇荡在深圳河两岸，河水伴随着时光，一起静静地流淌。

字幕

　　香港　鸭寮街

解说

　　猪肠粉，李力持最喜欢的香港小吃之一。只要一有空，李力持总会在这条街上搜寻地道的香港美食。他拍摄的电影《食神》最初的灵感就来源于这些常见的街头小吃。对街头食物的极度偏爱，不仅是他对香港美食的深切自信，更是他作为电影导演对生活的敏锐直觉。

同期声

　　深水埗的特色美食，猪肠粉，拿过米其林的星级，很棒的这个。

解说

　　李力持正在为自己的下一部电影做准备，作为香港市民非常熟悉的购物街，时刻保持创作热情的李力持喜欢在这里游走，这里的潮流新品和充满市井气息的小物件也让他的创作更接地气。

同期声

　　鸭寮街，就像是深圳的华强北，有好多新的古灵精怪的电子产品啊，也有一些二手的东西，旧的东西，我经常会过来找找电影的道具，尤其是那些旧的东西，因为它价钱也不贵，另外就是东西好多啊，古灵精怪这样的，然后这样一个露天的地方在香港来说已经是很少很少了，所以很有地方的特色，你见到也有很多游客的，老外啊都有的，是一个比较丰富的场景。这个对一个电影人来说还是比较重要的。

解说

20 世纪 70 年代末，受新浪潮电影的影响，香港影视界慢慢掀起一股搞笑、无厘头的喜剧风潮。作为香港无厘头喜剧的开创者，李力持和周星驰合作的《唐伯虎点秋香》《国产凌凌漆》《喜剧之王》等电影通过百无禁忌地调侃一切、自我嘲讽和反精英文化的方式，最大限度地营造一个"非常态"的喜剧世界。

字幕

香港　观塘

解说

在香港的另外一条街上，Chris 正赶着去公司办事处见一位客户。这次，他有点迟到了。

说着一口流利英语的 Chris 与客户的沟通很顺利。凭着自己对行业的深切理解，Chris 的讲解为达成合作创造了机会。Chris 此行是从深圳赶来，他却是一个地道的香港人。在英国留学归国后，他把目标锁定在了深圳，并在那里成家立业。

福田口岸

深圳湾口岸

解说

当很多人从香港返回的时候，跨境学童已经从香港放学。结束了一天的学习，林一帆也随着学童队伍来到通关口岸。

早出晚归，孩子无忧无虑的背后是父母满满的牵挂。早在林一帆放学之前，妈妈和外婆就等在这里，每当看到孩子的笑脸时，焦娣才觉得一切的付出是值得的。

同期声

他对那边环境现在适应得还是挺好的，但是一开始的时候其实也是有困难的，毕竟他以前幼儿园没在那边读过。每天早上都要起很早。那我跟我们家里人呢，从他进一年级开始就非常重视。因为每天要跑很远，要坐跨境校车，每天要很早起床，所以我们一家人都是根据他的生活习惯在给自己也做一个调整，比如晚上要很早就陪他一起睡觉，大家就一起早点休息，然后第二天早上很早就把他叫起来。但是这个孩子的适应能力还是挺强的，还是挺棒的。

解说

和很多跨境学童的家庭一样，焦娣夫妇都不是香港人。除了儿子在香港上学，他们还有一个女儿在深圳上学。

很明显的一个感觉，大的女儿林一诺小时候读一年级的时候就要开始学拼音，英语就要开始学 ABCD，二十六个字母开始，但是像香港呢……他们没有拼音，香港不用学拼音，然后可能他们英语也是从幼儿园就已经开始学了，进入了小学之后就没有学二十六个字母，直接开始学单词、句子这样子……他和他姐姐平时就是在一起玩啊，一起玩电脑啊，一起学习。因为香港那边学的英语还比较深，有时候姐姐在英语方面不太清楚不太懂的还会来跟弟弟请教。

解说

两种不同教育体制下的姐弟俩，学习内容有些许不同，而对焦娣夫妇来说，陪伴孩子共同成长却没有任何分别，他们所做的一切都是为了给孩子们的未来创造更多的可能。

字幕

深圳　福田花园

解说

2008 年，Chris 和来自湖南的妻子结婚，婚后二人一直忙于工作。直到一年前，伴随着孩子的出生，这对年轻的父母才慢下来，开始真正享受生活带来的另一种快乐。然而，有时候他们之间也会为孩子的教育问题产生分歧。

同期声

上学这个问题其实我们也讨论了很久了，因为我觉得大家都觉得好，反正，我自己在香港读书的嘛，我自己也不觉得香港的教育好在哪里，但是我老婆就是觉得香港的教育比深圳的好。其实我觉得最重要的教育还是父母的教育，所以最重要就是孩子要跟父母在一起，因为我自己工作在深圳，所以我现在暂时决定吧，应该是小学有机会都会在深圳这里读，到年纪大一点也可能会去香港，也可能去国外。

字幕

深圳　华强北

解说

对孩子的未来，Chris 有着自己的笃定，这份笃定来自于自己的切身体会。比起香港鸭寮街的老派沉着，新兴的深圳华强北更多了份新鲜与活力。早年，这里也是 Chris 梦想开始的地方。

同期声

这条街，以前我就经常在这里，因为我做电子商务，很多电子产品都在这里批发嘛，所以我就经常在这里逛了，一般像 MP3、MP4、手机、电脑、平板电脑，因为电子产品更新换代很快，每天都有新产品，每个礼拜都会抽一天两天来看。其实这条大街只是表面的，华强北最核心的经济价值是在里面，里面很多批发商很多工厂都有个柜台嘛，所以你经常去逛就会发现很多新的产品，所以一个礼拜起码有一天两天我都会进去逛一下。

字幕

深圳　蛇口网谷

今年已经是 Chris 在深圳工作的第十二个年头。这个充满了热情和干劲的年轻人从一开始就瞄准了电商领域的潜力。如今，他更是把自己的事业锁定在时下流行的"社交电商"模式上。

同期声

我出来创业也是做电商，我做的时候阿里巴巴也是刚刚起来。那时候我做电商的时候什么产品都试过，服装啊，电子产品啊，后来就专注做电子产品多一点。像华强北那一边很多电子产品出口啊都是比较容易的。之前我也做过几个互联网项目，这个已经是第四个互联网项目了，现在这个就是通过网红去做电商，卖服装的项目。

解说

当初 Chris 选择来到正在发展的深圳创业，并不被身边人看好，甚至遭遇了一些嘲讽。

同期声

其实很多人不理解的，十年前他会跟我讲，你为什么 deng 在深圳，广东话的意思就是蹲，意思就好像，不行啊，不行才 deng 在国内的。但是那个时候，转变也挺大的，因为其实我也不觉得自己做到有什么成功吧，起码我在深圳还是有房有家庭有小孩，所以他们也不太了解深圳的情况嘛，他们还讲笑，就说："哇，你是马云啊，香港的马云啊。"

我觉得现在已经快到那个交叉点，香港是这样的，深圳是这样的，已经快到那个交叉点，到后面深圳一定会超越香港，这个是我自己的看法。其实一个城市成长很快，进步很快，一定要有一个很有热情去创业的基因，深圳是一个很有创业基因的城市，是全国最有潜力的城市，因为它文化融合的程度是最高的。

字幕

深圳　深港影视创意园

解说

这是《国产凌凌漆》里的猪肉档，却不是《喜剧之王》里那棵让人印象深刻的爱情树。那些惊艳了一代人青春的经典桥段，在这个体验片场里重新上演。

同期声

我见到过来体验的观众呢，都是笑的，都是很兴奋的。微电影剧本我们都准备好了，但是他们一见到那个场景他们就冲过去，哎呀他要玩这个，他怎样怎样，原来这个东西已经放在心里面好久好久了，他见到这个东西就把心里的兴奋澎湃的心情释放出来，这个片场的作用也是这样的。

我设置了一个叫MD5319梦想拍电影的培训系统，我希望通过这个系统可以培养优秀的演员，有才华的导演，然后拍些有质量有水平的作品。

解说

香港回归后，很多香港影视工作人员开始把工作重心转向内地，香港喜剧电影的"黄金时代"也已经过去。对这个注定和喜剧电影死磕到底的电影人来说，李力持总能找到延续自己梦想的方式。

解说

结束一天的工作，李力持把心中的喜剧世界留在距离深圳河约三百米的深圳滨河大道上，他也要回到自己的生活。

字幕

香港　荃湾

解说

公共屋邨，Chris 心中的香港记忆，这一次他特地把公司的服装产品拍摄地安排在了这里。这里有一点点他的私心，他想通过这样的方式让更多的内地人感受自己记忆中的香港。

同期声

其实这些屋邨是能代表香港文化的地方，因为表面上看，香港是大都会，什么都是很新很富裕，其实香港有一个很大很大的问题，就是穷人是远远多过有钱人的，大多数的人其实都是蜗居在这里面。这些是几千块钱的租金，虽然看上去这里是穷人住的。现在香港最大的问题就是，连这些几千块租金的房，有些人等了十年都等不到政府派这些房给他们。

解说

经过这些年，Chris 俨然成了深圳通，但陪伴着自己长大的香港，和儿时的街坊邻里保持联系仍是他生活中的一部分。今天，拍摄结束后，Chris 打算回小时候的住处与儿时的朋友见见面。

同期声

等一下我们去见一个小时候的朋友……

（和朋友逛小区，给朋友看手机里以前的合照，聊天。）

这里就是我以前住的地方，我住在三十几层，你看一下香港的保养确实非常好，差不多三十年的楼看上去像深圳五六年的楼。如果再叫我过来香港住的话，我会不适应，习惯不了，你看那个密度那个高，一条一条，密密地插上去，对面做什么你都全部看得到的，对面不穿衣服你都看得很清楚的。这个在深圳暂时还不会这样，但是以后深圳可能也会这样。

现场

篮球场

同期声

以前这里我下来的时候到处都是小孩，现在香港有个很大的问题，老人太多啊，就是很多数据显示，香港很快每十个人就有七个六十岁以上的老人。以前基本上，一放学下来，都不用约的，全是小孩，一踢球一打球很快就找到十来二十个，现在走过来，基本上都是白头发。

解说

眼前的一切对 Chris 来说既熟悉又陌生，曾经小时候最熟悉的画面，已经成为他们那一代香港人念念不忘的儿时回忆。时过境迁，多年来通过深圳河上的口岸往来于深圳和香港，Chris 似乎已经完全不去在意，这边与那边，故乡与他乡。

香港 荔枝角公园

解说

回到香港的李力持经常会来到自家附近的公园，这里是香港 TVB 古装剧的拍摄地，曾经担任 TVB 编导的李力持看到眼前场景，脑海中的画面提醒着他自己要有理想、努力、坚持。

字幕

深圳 深圳湾公园

解说

每个周末，焦娣夫妇都会带着孩子们来到海边玩耍，这是属于他们的家庭时光。不管是在香港还是深圳，他们想要的只是让孩子们简单快乐地成长。

循环往复，周而复始，河上口岸的往来故事还在延续，两岸的人们也在按照自己的方式去寻求更加美好的生活。也许有一天，深港两地的交流将不再会有界限上的束缚，而只是一条窄窄的深圳河，深圳在这头，香港在那头。

第六集 拥抱海湾

解说

深圳河，一条不足四十公里长的小河，聆听着深港历史的荣辱兴衰，静观着两岸人文的沧桑变故，从东向西，一路蜿蜒而来，最终汇入海洋。

深圳　大鹏游艇会

解说

又一次迎来出海的日子，今天郭格林和员工们要驾驶着这艘帆船向海洋出发。扬帆远航对很多人来说是奢望，但对郭格林来说却是每周一次的惯例。每个周末他都会带着员工们在海上航行，他不仅是为了给员工福利，更希望他们在体验帆船乐趣的同时感受海洋的魅力。

现场

海上空镜

同期声

因为这个海洋啊，你可能会用一种深沉的目光来观望这海洋，它会给你巨大无比的能量，能促使你在整个航海的过程中，生活的过程中，激发一些无形的潜能，它可能会激励你每一天向上，在每一天太阳升起的时候，会给你对生活的一种向往，会给你足够的力量。

解说

感受海洋，郭格林选择了以扬帆出海的方式拥抱海湾。这一次出海，郭格林和他的水手们还有一个更重要的目的：熟悉中国杯帆船赛的航行线路。

141

香港　西贡

现场

郭格林在船头指着西贡方向讲中国杯帆船赛深港拉力赛的起点……全世界五十多个团队参加……终点大鹏游艇会……

字幕

深圳湾

解说

深港拉力赛连接着香港和深圳，水手们选择合适的线路在两地航行。同样在深圳河西部入海口的深圳湾，自由飞翔的水鸟也在寻找自己栖息觅食的海域。

现场

深圳红树林自然保护区与香港米埔自然保护区

解说

深圳湾，在深圳和香港的共同拥抱下，形成了得天独厚的生态景观，这里没有汹涌澎湃的浪来涛去，却有着略微起伏的波光粼粼。深圳河的河水滋养了这里天然的滩涂湿地，造就了深圳湾两岸的深圳红树林和香港米埔自然保护区，舒适的自然环境让这里成为鸟类的天堂。

一只落单的黑脸琵鹭终于找到了自己的伙伴，它的到来也许打扰到正在休息的同伴。然而不管对深圳还是香港来说，黑脸琵鹭都是自然保护区最令人期待的候鸟。

同期声

现在它全球的数量大概只有三千四百到三千五百只，在整个我们海湾，每年冬天的时候，会有三百——最多的时候会有四百只到这里来过冬。所以这个也是我们很好的一个明星物种，有时候我们拿来做教育的。包括在米埔、在深圳做教育，现在有好多时候都会用这个黑脸琵鹭来做。每年大概在 10 月底它们会到这里，然后到 11 月份的时候就能看到很多这个黑脸琵鹭在米埔的上空飞啊，或者在不同的地方休息啊觅食啊，所以也是对我们工作的一个肯定，我们也希望吸引更多的黑脸琵鹭过来。

解说

又到了午餐时间，喜欢群居的黑脸琵鹭这时候可不想在一起寻找食物。毕竟在滩涂浅水处觅食并不是那么容易。

午餐之后，黑脸琵鹭并不像其他鸟类一样闹腾，而是在原地清理自己的羽毛，享受饱餐之后的悠闲。

同期声

它繁殖不在香港，也不在深圳，繁殖是在韩国和朝鲜交界的那些小岛上面，秋天的时候才会飞到南边来过冬。所以整个的从它繁殖地到中间的迁徙的停息地，然后到米埔——算其中的一个越冬地，都保护得很好，所以这个物种的数量在逐渐地增加，从最开始的八百多只到现在的三千多只。米埔和后海湾的黑脸琵鹭，也就是深圳湾的黑脸琵鹭，数量现在也保持在一个比较稳定的状态，最开始的时候其实也是很少咯，几十只，现在可以到几百只。

解说

作为鸟类中的大熊猫，黑脸琵鹭跨越大海来到迁徙途中的中转站，深圳湾为它们提供了很好的栖息地，这里的自然生态不仅吸引着向南迁徙的候鸟逗留，也成为更多择木而栖的留鸟安家的选择。

字幕

深圳　南山智园

解说

鸟类找到适合自己的地方积蓄力量继续前行，同样，在深圳河北边的南山智园，人类在这里积蓄能量创造价值。

和往常一样，为了避免上班高峰期交通拥堵，刘乐峰喜欢骑脚踏车来公司。三十三岁的刘乐峰在一家机器人研发公司担任研发部门的负责人，工作虽然忙碌，但他喜欢这个工作，换种说法就是，刘乐峰为每一个部门研发成果的成功面世都感到欣慰。

2016年春节联欢晚会上，伴随着孙楠演唱的一首《冲向巅峰》，五百四十台机器人动作灵敏、整齐划一地同台表演，给全国观众带来一次前所未有的视觉盛宴。

同期声

那块产品叫阿尔法1S，是我们公司正规量产的第一款产品，当时我是主要的设计者，设计这款产品主要也是基于公司已经经过了好几年的研究，和掌握了一些核心的技术。我们做出这款产品以后很荣幸参加了春节联欢晚会，并且有五百四十台同台演出这个舞蹈。我们为了参加这个节目也是付出了非常大的努力，首先是我们准备了七百多台这个1S，为了防止它有问题，工厂也是通宵达旦地加班，为了赶制出来，然后我们参加节目的前夕，为了完成五百四十台的一致性，也是单台和整体不断调试，最后才达到了这样一个效果吧。

解说

作为机器人阿尔法1S的主要设计者，刘乐峰从小喜欢航模，参加过很多模型类的科技比赛，他如愿以偿地从事了工业设计的工作，随着公司一步步的发展走到现在，年纪轻轻的他也已经是公司的元老。

同期声

其实机器人行业是一个比较新的行业，尤其是在中国，起步都是比较晚的，我们就有点像是一直在摸索吧。我们起初做了阿尔法1S，它主要的功能还是以运动、展示为主，它的功能性会偏弱一点点，我们一直在思索机器人发展的方向，所以我们就开始研发了阿尔法二代，二代主要是想往人工智能的语音对话，以及一些社交方面去发展，想做一个平台级的产品。然后慢慢地我们又开始往教育方向进军，就想做一个教育类机器人的平台。接下来我们还有尝试一些大型的服务类的机器人，这都是我们不停地在尝试吧。

解说

好的创意是大家一起碰撞出来的，这是刘乐峰经常和自己的团队说的一句话。按照惯例，上午 10 点刘乐峰召集研发部门的主创团队开例会，讨论新研发的星际系列教育机器人产品的进展情况。为了赶在儿童节之前发布这款机器人，刘乐峰已经为此忙碌了几个星期。

同期声

我们整个团队一共有六十多号人，整个 Jimu 的产品线都是由他们开发的，也包括这款星际系列的产品。我们前期是先会做工业的设计，我们会在房间里头脑风暴，想象一些好玩的角色。当我们给这些角色创造出来以后呢，我们又再创造一些故事、一些背景，以及人物的一些个性。当这些东西全部 OK 以后呢，我们就开始一些软件的开发，就是针对故事情节做一些植入，还有一些关卡的设置，知识点的引入。当我们全部完成以后呢，就会进行一轮一轮的测试，最终软件和硬件全部 OK 的话，就会进入下一轮发布。

现场

深圳空镜

同期声

我觉得深圳是一个创新的城市，有很多机会，政府也很扶持创新的企业，所以在这样一个土壤下，就有很多创新型公司都在这里发展，而且整个配套也非常完善，所以我相信在这种环境下有非常多公司会脱颖而出，我呢也当然希望我们深圳的这种氛围能够让更多的公司创造更优秀的产品，引领整个中国乃至全球的发展方向。

解说

深圳作为一个年轻的城市引领着全国的科技创新，时刻把握着全球科技发展的脉搏。刘乐峰很庆幸自己选择了这片土地，充满开拓创新的城市让他更好地释放能量，创造价值，拥抱未来。

也许是因为自己已经是孩子的父亲，刘乐峰对教育机器人充满信心，他每次会把自己研发的产品带回家给四岁的孩子体验，孩子的体验也给了他研发灵感。

面向未来，孩子在慢慢成长，机器人研究也在不断发展，在刘乐峰心中，陪伴孩子和研发机器人都是在创造更好的未来。

字幕

香港机场

解说

2016 年 10 月，一段在香港国际机场上演的快闪视频，传遍了香港和内地。《踏雪寻梅》《男儿当自强》《叉烧包》《狮子山下》和《东方之珠》，这些全球华人耳熟能详的乐曲穿插奏响，感动了无数网友。这让香港青少年管弦乐团的艺术总监兼总指挥高德仪非常意外。

同期声

不仅来自中国内地，香港也有，甚至有些朋友在马来西亚都发邮件给我，是我不认识的，没想过会有这么大反响。至于为什么，其实我真的不知道为什么，但我想最主要的原因应该是音乐本身有一种魔力，好的音乐，你用心去演奏就一定能打动人，音乐本身有这样的能力。其次我觉得机场可能是一个很多人都会喜欢的地方，机场给人一种放松的感觉，地点是好的。另外可能是我们选的歌曲能够引起华人的共鸣。

解说

一次引起人们共鸣的快闪演奏，让更多的人了解到香港青少年管弦乐团，熟悉高德仪。曾经留学美国的高德仪，受音乐老师的启发，明白原来象牙塔里的交响乐是可以走出音乐厅，走到人群中用开放的形式传播的。高德仪选择了快闪的方式，乐团成员都是青少年，这种形式的演出不仅得到他们的认同，更激发了大家对音乐的热情。

字幕

香港文化中心

同期声

我记得当时第一次站在一个乐队前面，很简单，因为刚开始学指挥，所以指挥的音乐其实比较简单，那时指挥的是莫扎特的。当你一举起指挥棒，整个乐团就跟着你开始演奏了，那一刻很有满足感，哇，明白原来我的想法，我跟他沟通之后，我告诉他，他就可以实现我的想法，原来是可以的。那一次简直令我着迷，我就真的要做指挥，所以，回到香港，也是机缘巧合，我跟许多青少年朋友做很多合作……

解说

音乐已经通过指挥棒传递到高德仪的内心。同样，音乐的魔力吸引着更多的青少年每周五下午来到排练厅一起排练。来自香港、内地，甚至国外的学生，组成了香港青少年管弦乐团，在这里，那些经典的乐曲被排练出来。作为乐团的指挥，高德仪除了指导他们排练，做得更多的是把音乐的美好传递给每一位乐团的成员。

同期声

《东方之珠》，我们在2014年第一次快闪的时候，就已经选了这首歌……我20世纪90年代去了美国留学……自己在美国听到这首歌也很感动，这首歌其实首先触动了我，那个时候一个人离乡背井，所以到了今时今日，当我有机会去分享一些我自己在音乐上的历程的时候，也想去选一些让华人、让香港有共鸣的音乐，这首就是其中一首我觉得一定要放进去的音乐，因为它一开始感动了我，所以我就希望将感动过我的音乐带给大家，看下有没有人会有跟我一样的共鸣……我觉得很多香港人本身有很多接触不同文化的机会，所以我想香港人应该是可以接纳多元的声音的。

解说

被深圳河和大海拥抱的香港，时刻保持包容的心态吸收多元文化。每个人都在以自己的方式拥抱海湾，高德仪接纳来自各地的音乐爱好者。保持着这份开放的心态，高德仪期望着乐团可以走出香港，让香港青少年管弦乐团在更多的舞台发声。

节奏、旋律关联着人们的脉搏律动和情感起伏，通过音乐，人们可以感受心灵的触动，并为彼此的共鸣而聚集拥抱。

字幕

深圳　法诺游艇船厂

解说

或许在每个人的心中，总有那么一首旋律让自己心生共鸣，总有那么一片风景让自己情有独钟，对喜欢帆船的郭格林来说，大海的波澜壮阔就是他心中声情并茂的乐章。

中国杯帆船赛作为中国第一个国际性大帆船赛事，爱好帆船的郭格林和自己的团队每年都会参加，相比往年，今年郭格林做了一个更大的准备。

字幕

深圳　法诺游艇船厂

同期声

这条船是全碳纤维的船，然后这条船就是我们为今年的中国杯帆船赛，打造的一条休闲组和赛事组兼用的船，这是一个标准的船型……这条船的颜色全是黑色的，是我自己喜欢这个颜色，蔚蓝的大海配这个炫酷的黑色，像深圳整个城市的代表作，我们深圳代表了全球的黑马城市……期待它好的成绩，代表我们新一轮的深圳的队伍，本土的队伍，来参加这种具有国际水准的中国杯帆船赛。

解说

这艘黑马帆船足以说明郭格林力挺中国国际帆船赛事的决心。

在松花江边上长大的郭格林，从小在心中充满对海上航行的想象，在美国工作期间经常参与各种帆船运动。那时候郭格林就意识到在国外蓬勃发展的帆船事业，在国内却少有人触及。2009年，一心想让中国现代航海事业与国际接轨的郭格林，回深圳创办了这家造船厂，创造属于深圳本土的帆船。经过八年的历练，现在船厂不断接到来自国外客户的订单，并且让更多的国际性赛事出现了来自深圳品牌的帆船。

同期声

这条船总共有十条的订单，我们第一条就会落户到泰国的普吉岛，在两个月以后，这条船就会开往泰国的普吉岛，我们也是填补中国制造在海洋产业上的一个空白，现在我们在大力把这个空白补上。这是我们深圳的特色，我们走出去以后这个就是我们深圳制造。深圳这张名片主要是在海洋文化领域，因为我们是一个海洋文明的城市，几十年间建立的一个海洋文化领先的一带一路的桥头堡，那我们代表了深圳海洋产业，我们要尽快地走向国际。

字幕

深圳　大鹏游艇会

解说

为了更好地备战帆船赛，出海训练是必不可少的，郭格林和团队一有时间就会一起扬帆起航，只有在大海中乘风破浪，郭格林和团队成员们才感觉自己是真正的水手。水手就是与大海搏斗的同时，在波涛汹涌中奋勇前行。

接触海洋十几年，郭格林遇到过各种大风大浪。临海而立，天高海深，看着水天相接在遥远的地平线，想着风平浪静下暗涌的激流，郭格林都会以虔诚的心去感受大海的博大与深邃，拥抱海湾。

河流的宿命终究是要汇入海洋，深圳河两岸的历史、自然、人文也都在汇集，拥抱未来。未来的深圳和香港也将迎来粤港澳大湾区时代，充分发挥各自的优势，通过开放互动、深度合作，共创协同发展、互利共赢的未来。

（2016 年）

代后记

梦回犹记少年心

2021 年的夏天到了，疫情仍在纠缠着人类。一天上午，电话从千里之外的深圳打来。"我要出新书了。"晓力欣喜地说道。他说想了想，觉得我最了解他，要我帮他写点什么，我爽快地答应了。

时间仿佛又回到了二十多年前。1998 年，前后相差几个月，我从安徽台，申晓力更远——从东北的吉林台，同一年调到了深圳电视台，之后我俩开始了八年的共事经历。晓力那时三十五岁，个子高大，玉树临风，帅气英武。他是科班出身——北京广播学院摄影专业毕业。电视行业从业者，大多扛着摄像机到处跑，接触现实生活，知事者众，健谈者多。晓力例外，话不多，喜欢写诗，爱锻炼、打羽毛球，让我感到好奇。纪录片圈子里，才子大把，高峰擅长朗诵，音色浑厚；刘郎用影像写诗，他的片子《西藏的诱惑》充满了诗意，真是"前度刘郎今又来"。

相识在深圳

晓力大学毕业后，在吉林电视台工作，那是他的家乡。他跟我说，他当年借了一台宝莱克斯摄影机，用了上万尺的胶片，到科尔沁草原的湿地里，拍摄了纪录片《家在向海》，之后又拍摄了《鸟人》《远离的愿望》，都是人与动物，以及自然环境的片子。可见晓力的诗人情怀，心中与动物、自然亲近。我们同出生于20世纪60年代，至今怀念20世纪80年代，那是理想主义的一代，可能有过饥肠辘辘的生活，经历过封闭保守的岁月，到了改革开放，国门大开，瞬间，白毛女遇见了太阳，杨白劳翻身得解放，被耽误的一代迅速变得如饥似渴，奔向知识海洋。"自学丛书"，文学名著……书店里挤满了人。那时候，海子、罗大佑、邓丽君、崔健是文艺明星，周里京、阿兰·德龙、高仓健是真正的男子汉。摄影家肖全用相机定格了那个年代的很多文艺青年，那些人后来全成了大腕，这本书的名字叫《我们这一代》；肖全自己也成了大家，他当年追随马克·吕布，跑遍了大半个中国，深受其现实主义纪实手法的影响，拍了许多好照片。

晓力小我三岁，我们共同经历了20世纪80年代的文艺新思潮。要说幸运，是赶上了电视的黄金时代。记得1976年，毛主席逝世，举国悲恸，追悼大会那天，电视现场直播，但是电视机刚进入百姓生活，几乎清一色黑白电视机。家家户户的房顶上竖着天线，有时雪花点捣乱，害得我也有过举着天线看电视的故事，尽管满肚子不高兴，倒也是满心欢喜。

仅仅过了十年，电视机走进千家万户。到了80年代中期，我和晓力先后进入省台工作，成为做节目的人，而且同行，做的都是纪录片。《新星》《渴望》《上海滩》《加里森敢死队》播出时那还了得。《话说长江》《话说运河》《丝绸之路》等纪录片一经播出，立刻大火。中国的电视纪录片，有着厚重的文化底蕴，讲述着老百姓的故事，人们在电视里看到了自己的生活。中央台大旗一举，省级台跟风而上。圈子里有个笑话：电视台大胡子、长头发、嗓门大的，大多是文艺导演；平时顺着墙边低头走路的，基本上属于纪录片人。此类人群多属文学青年，寡言少语，加之镜头要靠日积月累，外出也是小规模"作战"，脑子里全是镜头文本，与今天的纪录片创作动辄上千万元投入、几十人团队不可同日而语。

晓力在拍摄《家在向海》的前后，刘效礼将军带着他的团队在拍摄《望长城》，康健宁、高国栋在拍摄《沙与海》，孙曾田在忙着《最后的山神》，祝丽华记录着《方荣翔》，刘郎用李白的腔调讲着《西藏的诱惑》，盛伯骥忙着《我说潇湘女》，我在忙着《无梦到徽州》，还有夏燕平、景高地、童宁、彭辉等腕儿都在拍摄着自己的片子。这些纪录片的播出，几乎都集中在中央台一套黄金时段，报纸大篇大篇地介绍着作品与编导，这些人成了当时中国电视界的角儿。有人评价说那是作品时代。此轮纪录片旋风，甚至影响到了故事片创作，张艺谋用纪实手法拍摄了《秋菊打官司》，陆川拍摄了《可可西里》，他们说受到了纪录片的影响。

我和晓力，一个从江淮之地，一个从东北吉林，在深圳电视台会合了。"来了都是深圳人"，这个城市南腔北调，是典型的移民城市，政府求贤若渴，不排外不欺生，媒体上重复着"一家亲"各种版本的宣传语。确实，我在深圳生活工作的八年，感同身受。我们俩同为副高职称，是被算作人才引进深圳台的。刚进台，可能出于考察的目的——不是说你俩是人才吗？好！你们做个片子。早于我们进台的肖鹏博士，也是撰稿，出了个题目，四集纪录片《我们的深圳》，我、申晓力，加上夏枫，三个导演开始忙碌，穿行在城市的大街小巷，连拍带编，居然三个月完成了。片子一播出，台内外反响很好。行，这两个人还不错，算是通过了初步考核。其实 1998 年的那个夏天，甫一落地，安家、熟悉环境，对深圳的直观印象就一个字——热，热得受不了。引用深圳常用的一句宣传词：这里没有冬天！这里插下一根树枝也能发芽开花。

在海外中心的时光

在海外中心工作的四年，是我们做事最多也最辛苦的四年。这四年，晓力常跟我说，也是他最快乐的四年。

深圳离港澳咫尺，像许多省台一样，设置了海外中心，有的台叫国际部，主要工作是承担外宣节目制作，当然纪录片居多，我和晓力又干回了老本行。海外中心只有二十多人，来自四面八方，说着各自的地方普通话，北广科班不少。纪录片编导清一色男性，个个恃才傲物、一览众山小的感觉，开口小川绅介，闭口怀斯曼、吴文光之类的，为一个镜头，经常口沫四溅，吵得隔壁办公室伸头张望，一脸茫然。晓力担任纪录片室主任，也真不容易，只好"和稀泥"，观点两边跑：大家说的都对都对。经常一阵噪声之后，平静如水，办公室空无一人，大家外出干活去了。

"深圳台调你们来，要做些好的片子。"分管领导刘强副台长和颜悦色的话语，看似平淡，其实要求甚高。因为台里有几位刘姓台领导，可能出于区别，大家称他强台。在工作中，这位老大哥似的上级，与我们相处得非常融洽，没有红过脸，他是专业出身，做过河南台国际部主任，懂业务，理解做节目不易。之后，海外中心积蓄力量，节目一个接一个，开始爆发，《民俗村的年轻人》《俏老周雪影》《我与深圳》等一批片子推出，获奖连连。台里的年轻人纷纷要求到海外中心工作，部门成了全台的香饽饽。郭熙志先调入，接着，小学时出过诗集、受过冰心奶奶接见的北大才子汪洋、帅哥编导曾凡加盟，晓力的队伍兵强马壮。一年时间，相关部门的一些领导态度从狐疑转为赞许，再到欣赏，海外中心项目一个接一个，拍摄经费源源不断，着实为台里争了不少脸面。愤青导演们开始沾沾自喜，把"我们海外中心如何如何"经常挂在嘴边。

那几年，心顺了，活多了，钱来了，海外中心格外团结，大活不断，大家轮番出国拍片。香港亚视一档节目《寻找他乡的故事》特别火，收视率很高，国际上还获了奖，我们也可以做。当时在相关部门的扶持下，海外中心与市侨办联合策划了二十集系列片《四海一脉深圳人》，台领导分别带队，分成几个组，晓力去了南非，我去了日本、澳大利亚和大溪地，其他同事去了欧洲、南美、东南亚拍摄。片子完成播出，镜头里出现那么多与深圳有关联的人，几百几十几年前，深圳侨民勇闯天涯，开枝散叶，但心系故土，情真意切。深圳台的纪录片创作实力，赢得良好口碑。

《深圳二十四小时》是申晓力才情的一个充分展示。2011年夏天，台制作中心主任找到我，说日本索尼公司刚生产出高清摄影机，免费让深圳台试用，要拍一部片子，问我们敢不敢接。我说接。我想无论如何要接触新技术，但谁来做编导？申晓力最合适。晓力二话不说，迅速动手，做了文案策划和拍摄准备，起了个好名字《深圳二十四小时》，用影像讲述深圳一天的方方面面，新角度，新视野。拍摄时，两架专业飞机投入航拍，从早到晚，各种角度中的深圳尽入眼帘，美不胜收。索尼公司高度认可，片子获得富士高清镜头荣誉奖，在国内到处展示，很多人第一次感受到影像的高画质魅力。

特区创业不易，20世纪80年代初，深圳台建台，人员全国选调。开创者们在一片菜地起楼，他们住过铁皮棚，夏季，台风肆虐，来来往往，台风过后，大树连根拔起，外面暴雨，棚里小雨，一片狼藉。60年代的两大电影明星祝希娟、金迪也参与了深圳台的创办，台不大腕儿不少。我和晓力到台后，硬件软件都尚可。我俩半大不大，他们觉着还是新人，不同版本的创业故事常常在耳边响起，提示着我俩珍惜美好生活，为台争光。好在我俩还算明事理，中年仍有为，努力工作，让自己争得了一些颜面。

每个初到深圳的人，都有着一段孤寂的时光。白天上班，晚上回到台里配置的过渡房，苦夏天热，睡不着，我在怡景基地门口的道路上来回散步。不经意间，喜欢上了电台胡晓梅的《夜空不寂寞》节目，她在深夜里讲着深圳的故事，人情味很浓，我常常在她性感好听的音色与音乐里沉沉睡去。周末，晓力与我相约去华强北淘碟，看国外大片，去书店购书，打发时光，渐渐熟悉了深圳的大街小巷，有了融入感。热心的同事们，开始喊着晓力和我聚餐、喝酒，而且经常大酒，不醉不欢，大家谈着文学，说着电视，想着接下来要做的选题。别说，酒真是奇妙的东西，小酌几杯之后，血脉偾张，脸涨得通红，多巴胺急速爆炸，想法选题、奇思妙想无数。可之后就是酒精对肠胃的报复，晓力现在还记得我俩的一件糗事，酒后"直播"，每人抱着一棵树狂呕不止。

程峰做了一个片子，讲的是蛇口的一个故事，聋哑人老白，离异独身，却身怀绝技，会画宣传画，蛇口街头的许多大幅宣传画均出自他手。当时的招商局广告公司老总解伟想做媒人，帮他征婚。我一听是好选题，程峰拍摄顺利，片子剪辑得也很好，但起什么名字呢？办公室又吵了起来，你一言我一语。刚好是千禧之年，有说叫"老白的世纪之交"，有说叫"老白的故事"，程峰没招了，我和晓力说，我请客，干酒，激荡一下，谁想到好名字有奖金，看能不能起个好名字。这场酒，"老白的爱情故事"这个名字产生了，大家都觉着好。这部纪录片还获得了金鹰奖。之后，程峰经常昂着头说，咱们是做纪录片的……可是，害得晓力和我酒酣抱树，那个时候，可能我们的下意识里，地球没有了引力。

海外中心在台里出人头地，在多数人眼中，作为纪录片室主任，申晓力的才情被人熟知。2002年，无线台与有线台合并，深圳广电集团成立，我与晓力，与海外中心一帮兄弟姐妹们的工作将要转型了……

咱们做频道去

2002年春天刚到，无线台与有线台合并后不久，一天上午，台长办公室通知我随新到任的台长出差，此次任务是去北方学习考察。从青岛到大连的火车上，台长问我下一步什么打算。事后回味，新台长是采用了出差考察的方式，近距离观察一个人。我当时的想法，深圳台是个城市台，一千多万人口，信息资源丰富，上海台办了个纪实频道，深圳也可以。而且，我们擅长的是纪实节目，有实力能做好频道。

雷厉风行。回到深圳，台长把我喊到办公室，说，就做纪实频道，让我去做总监，但要做好。我、申晓力、孟远，组成了新班子，开始了在深圳台的二次创业。我们三人均来自无线台，在罗湖怡景基地上班，有线台在福田区，只好每天早出晚归，来回几十里。当时香港电视十多个频道覆盖深圳，资讯影视节目丰富，把深圳电视节目打得喘不过气来。提高收视率，超过香港电视——全台人憋着一口气。

经过短暂的筹备，2002年年底，纪实频道开播了。新节目，新的表达方式，一开播，好评如潮。频道宣传词叫"城市记忆，百姓情怀"，用纪实的理念打造节目。《第一现场》用讲故事的方式说新闻，语境问题困扰着大家，原来习惯于字正腔圆式。我们就找来北京台的《第七日》，反复观摩，主持人元元的亲和式讲述，慢慢改变了大家的表达习惯，《第一现场》成为深圳本土最受欢迎的新闻栏目。晓力分管的《人物》《真实故事》定位于有影响力的人，与城市共呼吸，精英人士、白领、公务员都非常喜欢，热线电话不断，报料的、冠名广告的、要见主持人的，许多好玩的人与事……

深圳纪实频道一度引来许多同行参观学习，改变了深圳电视的收视版图，香港电视不再"可怕"。《第一现场》之后不断扩版、加长时间，到2011年扩版至87分钟，收视率最高创了8.65%，栏目的广告收入高得惊人，在中国电视界堪称奇迹。主持人董超作为节目的标志性人物，荣获"全国五一劳动奖章"，入选"中国电视50年50人"。

我、晓力、孟远和同事们做了一件有意义的事，是创新思维成就了电视人。

"战术大师"与后频道时代

2004年，记得是3月8日，国际劳动妇女节那天，国家广电总局批复深圳卫视上星播出。当时每个省级台均有上星频道，深圳台等几个副省级台不甘落后，积极申请上星，厦门与深圳一同获批。

2000 年之后的中国电视，进入快速发展期，中央台风头正劲，省级卫视陆续发力，几十个卫星频道，谁都想做好做大，怎么办？这时，一个有趣的景象出现了，"战术大师"应运而生，他们游走于各台，规划东策划西，点兵点将，信手拈来，收视率变成了数字游戏……

还是说回我们的故事。那时晓力与我，转战到了卫星频道。当时的各大卫视兵强马壮，个个似虎狼之躯，所到之处，风卷残云。深圳卫视更像婴儿落地，嗷嗷待哺。最急的是人，人怎么办？全台急调还不够，只能全国招人。我和晓力，随着分管台长、人力资源部同志，分赴北京、上海、广州等名校招人。在香港会展中心，支起个桌子，大热的天，人头攒动，收简历，面谈几句，敲定，颇有"抓壮丁"的意味。还别说，多年后的事实检验证明，公开招聘的选人方式，公开、公平、公正，当年毕业不久的名校生，多年后都成了业务骨干。

那时频道内全是年轻人，充满了活力，执行力很强，常常是上午布置的节目，晚上已和观众见面了。《纵横四海》天天海外连线直播，"记忆——深圳二十五周年系列报道"与央视同播，"梅艳芳菲"选秀日日大时段直播……深圳卫视火了，收视率狂升，成了卫视界的一匹黑马……

再之后，就像所有的故事一样，节目不停，人生不止，任务一个接着一个；再之后，时光如白驹过隙，人事匆匆，终究离散。就像曾经的分管领导，也有着兄长般情谊的马副台长所言，天下唯一不变的就是变化。

晓力的书之梦

因为深圳，我与申晓力有着八年的共事时光，先后在四个部门做过搭档。2006年，我调回安徽台，晓力仍在台里继续分管着纪录片创作，是台里的首席艺术指导，做出了《珠江》这样的大片。他办过杂志，当过凤凰卫视旗下《凤凰都市》杂志总编辑，杂志办得有模有样，人文味极浓。他到大学教书办讲座，很受欢迎。我们相聚，总是在国内许多重要的评奖会议上。他是一个喜静爱动的人，骨子里是个爱读书爱思考的人。在他一次打羽毛球受伤康复后不久，我到深圳，他高兴地说，一定要带我去雅昌艺术中心看看，雅昌目前是世界顶级艺术书籍印制中心，中国画家出版画册，此乃首选。这里，书架林立，应有尽有，堪称书海，书的精美，让爱书人流连忘返，他说他太喜欢这里了，经常来。晓力的书痴程度，入骨嵌心。

2020年底，因为在深圳参加一个评奖活动，我又与晓力见面了。一年未见，晓力干了一件大事，也圆了他少年的梦。深圳龙华区有个上围村，引进了不少艺术名家，建成了艺术村，晓力作为影视名家，办了个私人图像藏书馆，名字也好听，叫解愠书馆。

名字取自先秦《南风歌》中"南风之熏兮，可以解吾民之愠兮"之句。晓力好古文喜书法，名字文绉绉。他开车带着我去了上围村，书馆由一套岭南农家老屋修缮而成，前后五六间房，二百多平方米，有个小院子，四周开满了花，宁静舒适。让我惊呆的东西出现了，过去总听他说喜欢收藏连环画，这回真的亮相了，满屋子连环画，整齐排列在书架上，晓力三十年收集了近两万套连环画，不同时期版本的中国连环画居多，还有欧美图像小说、日本漫画连环画，着实花了大把大把的钱，最贵的一套大家颜梅华的书竟过十多万元。晓力压低着声音说："搞了许多私房钱，都花在这上面了。"

我纳闷，不仅仅是金钱问题，这要付出多少的精力与毅力，来做收藏这件事？晓力曾经对我说，他的家境并不是很好，父母很普通，小时候生活在吉林的小县城九台。其实那时有多少殷实的家庭呢？贫穷限制的不仅仅是生活，更是精神世界。那时他特别羡慕家里有书的小伙伴，小人书比食物更重要。晓力十岁时，从小伙伴那里借了一套《三国演义》，前提是第二天早晨交还。父母管教严格，到时熄灯睡觉。来不及看完，晓力只好天亮时在被窝里翻看，看着看着，要上学了，他急得哭了……

电视的一秒，由二十五帧画面组成，每一帧就是一幅画面，恰似连环画中的一幅图画，晓力学的专业、从事的职业，与画面有关，与他的连环画情结有关，与儿时的精神饥渴有关，这是一个人的宿命。我和晓力，都很喜欢贾樟柯的电影，经常谈论他。

从《小武》到《站台》，再到《山河故人》，他的电影主题周而复始，人物外出闯荡，终究回到故土，人世间轮回，终点又回到起点，山河依旧，人心不古。

"打碎一只花瓶，把碎片拼合起来付出的爱比欣赏一只完整的花瓶付出的爱要强烈得多。"诺贝尔文学奖获得者、诗人德里克·沃尔科特如此评说着人类的记忆之殇。梦回犹记少年心，显然，晓力试图在重新黏合儿时的五彩之梦，解愠书馆，圆了晓力的少年梦。

晓力的新书即将出版，真的为他高兴。在深圳共事的时光，已成为过往，经历了许多高兴与不高兴的事，也见识了很多喜欢与不喜欢的人。哪有什么惊天动地的事业？只有一群志同道合者，在合适的环境里，在价值观一致的上下级之间，大家步调一致，成就了事业，也成就了我们自己，让时间变得更有价值，人生变得更有趣味和意义。

祝愿这个爱书写书的老少年、老同事永远年轻快乐。

禹成明

2021 年 6 月 30 日

（禹成明：中国视协融媒体文化委员会主任，安徽省文联副主席，安徽省影视家协会主席）

附　录

这是本书辑录的唯一非出自本人手笔的文稿，对我来说却意义非凡。

"山河破碎风飘絮，身世浮沉雨打萍。"

我至今仍记得自己当时为这部电视系列片起名字的时候，想到了文天祥的诗句。作为该片的总编导，我为有机会将纪录片镜头沉潜于特定历史时期而深感荣幸；通过吉林省电视台与吉林省政协的合作，我更是结识了几位政协文史委的同志并留下了美好的记忆。一切仿佛就在昨天，我们在档案馆、图书馆没日没夜地搜集资料，反复研判，我们以田野调查的方式踏遍东三省的每一个角落，我们称之为抢救式的寻访……

这部电视系列片播出后受到了广泛关注，并获得了由广电部颁发的电视节目政府奖。尽管我作为总编导在后期做了不少文字与影像的整合工作，但我必须向为这部纪录片执笔的金增新、于海鹰、姜东平、刘洪斌等几位朋友表示敬意，如果没有他们当时案头的执着和认真，就不会有这部片子后来的一切。在此一并向三十年前的《山河破碎的日子》剧组深鞠一躬。

——申晓力

六集系列片 山河破碎的日子

第一集　阴谋

解说

1992 年 5 月 25 日 10 时许，旧时南满铁路终端的长春火车站在定向爆破中坍塌了。

陡然升起又散落的尘埃，把我们带入那个灾难迭起的历史年代。

1928 年 6 月 4 日 5 时 23 分，从北京开来的列车行至沈阳西北皇姑屯车站附近的铁桥时，一声巨响，奉军统帅张作霖被炸成重伤，不久死去。

这就是震惊中外的皇姑屯事件。

张作霖本来是一个依靠日本帝国主义的军阀，由于他在涉及满蒙权益问题上没有满足日本人的野心，甚至有所抵制，日本人决意将他除掉。

暗杀张作霖的计划由关东军高级参谋河本大作辅助实行。他在京奉线沿途布置暗哨，监视张作霖的行踪，并在皇姑屯车站铁路交叉点的铁桥下埋设了炸药。

　　张作霖的专列在北京出发伊始，便陷入罗网，难逃厄运。

　　日本人险恶的底牌是，不仅要杀掉张作霖，还要趁治安混乱之际一举占领东北。

　　炸车前，河本大作曾秘密在沈阳大和旅馆前集中了一个旅团的兵力。关东军还紧急调动军队分别向锦州、沈阳方向移动。

　　炸车的第二天，日军在山海关、锦州之间的一个车站制造了军车脱轨事件。

　　6月10日和12日，日军在沈阳接连投了四枚炸弹。

　　他们没有如愿以偿，东北并没有因张作霖被炸而发生动乱，年仅二十七岁的张学良审时度势、稳住阵脚，对父亲张作霖之死秘不发丧，然后顺利实现东北政权的移交。

同期声

　　（张学良）现在日本用这种暴力而占领全满洲的领土。

解说

　　张学良就任东三省保安总司令，他维护大局，内政外交应付自如，于1928年底毅然宣布东北改旗易帜，至此中国终于实现了统一。

　　炸车案败露，日本政坛惶惶然。当时的内阁首相田中义一骂道：真是混蛋，简直不懂为父母者之心。这一骂骂得好，道出日本政界、军部对河本的一片惋惜之情。果然不久河本又被政府任命为"满铁"的首席理事。

战争机器又急剧运转起来，12月31日，田中义一下达电令，扬言对东三省治安紊乱断然采取必要措施。1930年，樱会等军人法西斯组织迅速膨胀，日本军国主义者以百倍的疯狂决心彻底解决满蒙问题了。

皇姑屯事件的政治尘埃尚未散尽，他们何以向中国东北刮起新的战争狂潮？早在16世纪，统一日本的武将丰臣秀吉就说过，在有生之年，誓将唐之领土纳入版图。

1868年，以明治天皇名义颁布的御笔信中，宣称要以武力开拓万里波涛，布国威于四方。

1890年，刚刚当上首相的山县有朋就提出保卫利益线的论调。以他看来，凡是与日本有利害关系的地方，都要用武力去征服。这样中国和朝鲜就成了日本侵略扩张的首要目标。

这套保卫立宪的理论标志着日本大陆政策的形成。

1894年，日本终于发动了甲午战争。

无论是海战还是陆战，清朝政府都战败了。

甲午战争之后，李鸿章作为清王朝使者赶赴日本马关，竟被一个日本狂徒小子持枪击伤左脸，在饱受侮辱与皮肉之苦之后，与日本内阁总理大臣伊藤博文签订了《马关条约》，日本割去了中国的辽东半岛，割去了台湾和澎湖列岛。在日本的威逼之下，清王朝一下子赔偿两亿三千万两白银，这比清王朝签订的所有不平等条约赔款总额的四倍还要多。

清王朝本已捉襟见肘的财政状况，顿时陷入无法收拾的绝境。

《马关条约》是清王朝 19 世纪与外国签订的最屈辱的不平等条约，割地之多，赔款之巨，世所罕见。更为惨烈的是旅顺口大屠杀事件。

落后不仅仅要挨打，还要挨杀。

旅顺口两万多中国平民被杀，只有三十六人保住了性命，他们是被当作收尸者才幸免于难。站在万忠墓前，依稀还能听见这两万多亡灵的哀诉。

十年之后，还是在这片土地上，日本战胜了俄国，占领了旅顺、大连。

旅大地区从此沦为日本的殖民地，长达四十年之久。

白玉山上这座所谓表忠塔，是当年日本侵略中国东北的历史罪证。

1906 年底，日本已在东北南部建立起一整套殖民统治体系，他们将旅大地区改称"关东州"，设"关东都督府"，统辖军政和民政，辖区为"关东州"和铁路沿线，这是日本在南满实行殖民统治的开始。

仅此一举即可证明赶走沙俄并不是目的，把南满变成殖民地才是他们的真实意图。

1906 年 11 月，南满洲铁道株式会社成立，简称"满铁"。日本侵略者自己也承认，"满铁"如同英国的东印度公司一样，是代替日本政府经营南满洲的统治机构。

第一任"满铁"总裁后藤新平在"满铁"附属地盖起了许多走廊宽敞、带有地下室的医院和学校，后藤新平自有一番打算。

这宽敞的走廊地下室就是战时的屯兵之所，他要把"满铁"变成文人的服装内裹着一个体格强健的军人。

如果说"关东州"是日本在东北攫取的第一块殖民地，那么通过"满铁"这条东北南部的大动脉，日本又攫取了另一块殖民地——"满铁"附属地。

1919 年成立了关东军司令部，关东军的兵力集中于"满铁"沿线和战略要地，犹如一把利剑插入东北腹地。

自 1906 年 6 月至九一八事变之前，日本在沈阳、长春等地相继设立了二十余个领事馆，并下设警察署。这大大小小的领事馆在日本侵占我国东北的过程中充当了重要角色。

以"关东州"为基地，"满铁"如蛇形网络，关东军做武力后盾，领事馆为侵略据点，形成了所谓"四头政治"，实质上是使我国东北沦为殖民地的四大祸根。

日本在东北的侵略扩张如此猖獗，使多次来东北联系易帜的国民党元老吴铁城深为感慨，他说："不到东北不知中国之大，不到东北不知中国之危呀。"

1927 年，田中内阁上台，立即召开东方会议，确定了"先夺满蒙，后取中国，进而征服亚洲、称霸世界"的基本国策。把自明治维新以来的大陆政策更加明朗化了。

一个月之后，会议从东京移到了旅顺白玉山下的关东厅长官官邸秘密召开，这就是所谓第二次东方会议。

会议决定，为了确保大陆政策的实施，应以南满铁路为工具，配合其军事外交行动，实现由海洋向大陆的推进，旅大地区则是实现这种战略推进的桥头堡和枢纽。

在此之后，经济危机的风暴袭击了整个资本主义世界，日本经济也受到了极大的打击。为了摆脱困境，日本统治者企图从对外侵略的冒险中寻找出路。

皇姑屯事件后，日本军部迫不及待地把石原莞尔中佐派往满洲，任关东军作战主任参谋。此人后来被日本军部和政界称为满洲事变的点火人。

1929年5月，积极主张侵华的板垣征四郎被任命为关东军高级参谋。

石原到关东军赴任之后，立即着手起草作战计划，与板垣组织了三次关东军参谋旅行，实际上是对长春、哈尔滨、锦州等地进行战前军事侦察。

参谋旅行第一站是长春的名古屋旅馆。石原向关东军参谋们详细讲述了战争十大关，极力鼓吹解决满蒙问题之关键掌握在帝国国君手中。

日本参谋本部在1930年10月制定昭和六年度形势判断时，提出解决满蒙问题三个阶段的方案，这个方案对关东军制定侵略计划起了重要的指导作用。

1931 年，陆军省设立秘密对策委员会，专门研究形势判断所规定的解决满蒙问题的方案。

在参谋本部情报部长建川美次主持下，日本陆军省与参谋本部草拟了《解决满洲问题方案大纲》，要求以一年为期做好战前准备，并责令关东军首脑熟悉中央的方针和意图，在今后一年里隐忍持重。

"隐忍持重"四个字是意味深长的，日本军部比关东军头目更为狡诈，他们考虑到发动战争的舆论和军事准备还不充分，所以提出发动战争要以一年为期，以避免重蹈皇姑屯事件的覆辙。

1931 年 4 月的一天，关东军参谋长与石原等人以拜访东北军旅长王以哲为名，突然来到北大营，化装成司机的情报人员在院内暗中侦察，对兵营各处进行了快速拍照。

这一年 5 月，关东军进行了攻占金州城的大规模演习，这是攻占沈阳城的预演。9 月，两门被称为陆军之珍宝的二十四厘米口径榴弹炮被秘密运到沈阳，一门对准北大营，一门对准飞机场。

发动战争的阴谋正在机密地紧张策划着。

从石原莞尔的日记中可以看出，战争阴云已经笼罩沈阳城。

所谓攻击"满铁"之谋略，却由军部以外者去执行，就是要制造骗局，挑起事端，却反诬中国人所为。

这表明柳条湖事件的阴谋在事变前三个多月已经策划就绪。

在此之前，这一年接二连三地发生了万宝山事件、中村事件等事端。1931 年 6 月，日本军事间谍中村震太郎化装成黎明学会农学家，潜入兴安屯垦区，搜集中国屯垦军的兵力部署、枪械信息等军事情报。

这一切预示着指向中国东北的侵略战火即将被点燃。

第二集　事变

解说

1931 年 9 月，九一八事变爆发了。

日本帝国主义是下了凶狠直进的决心的。

柳条湖铁路爆炸之后，板垣在沈阳以代理关东军司令官的名义，下令扫荡北大营，进攻沈阳城。

在旅顺的关东军司令官本庄繁命第二师团主力进攻沈阳，并致电日本驻朝鲜军司令官尽速增援。

爆炸后十分钟左右，北大营西北角枪声密集。

由于蒋介石的不予抵抗命令，驻北大营的东北军第七旅并无作战准备，他们在搭戏台准备过中秋节。

9 月 18 日晚 11 时，日军一百多人从北大营西北角的土围子冲了进来。第七旅官兵义愤填膺，纷纷请战，旅长王以哲却打来电话，不准抵抗。

午夜过后，前来增援的日军闯入营房，见人便杀，北大营官兵边打边撤。

19 日凌晨 5 时，第七旅官兵撤出了北大营，日军占领北大营之后，将其付之一炬。

若干年后，东北军第七旅旅长王以哲说，如果"九一八"之夜我们坚决抵抗，事情就不会是这样的结局，敌人的野心可能遭到遏制，这是对血的教训的反思。

日本帝国主义固然凶残，假如没有蒋介石的不抵抗政策，日本帝国主义是不可能放肆到这步田地的。

美联社记者怀特在20世纪30年代末来到中国采访时，蒋介石就对他说过，共产党是"心脏病"，日本人侵略不过是"皮肤病"而已，唯其如此，蒋介石对日本侵略者采取不抵抗政策。

张学良改旗易帜，通电拥蒋，率东北军十四万入关之后，对东北防务削弱、日本即将入侵甚感忧虑，曾于1931年7月10日致电蒋介石，主张停止内战，一致对外，蒋介石拒不接受。

8月16日蒋介石电示张学良："无论日本军队此后如何在东北寻衅，我方应予不抵抗，力避冲突，吾兄万勿逞一时之愤，置国家、民族于不顾。"这一纸电文置东北军于被动挨打的绝境之中。

9月19日凌晨，日军从沈阳西南城墙豁口处攻入城内，日军先占领了大帅府边防公署。

占领辽宁省政府时，日军用枪托将辽宁省政府标牌击碎置于地上。东北军的飞机、大炮、武器装备全部落入日军手中。

日军还占领了沈阳各大银行，从东三省官银号运走库存黄金十六万斤，从边业银行抢走黄金七八千两。一夜之间，山河变色，草木惊心。不但官员的私邸被大肆劫掠，连百姓民宅也难逃洗劫。

日军端着上了刺刀的步枪盘查行人，烧杀抢掠，无所不为。

19 日，沈阳城内大街小巷贴出了关东军司令官的布告，布告竟称是中国东北边防军开始对敌行动，自甘为祸首，常以惯用手段蔑视国际道义，这是十足的强盗逻辑。

据石原莞尔的日记记载，九一八事变前三个多月，他们就已经确定了攻击"满铁"的阴谋，这怎么能够抵赖得了呢？

事实上，是河本中尉率领七名日军在柳条湖附近按计划引爆炸药，却反诬中国军队所为，然后借机攻击沈阳城，侵占我东北河山。

是谁蔑视国际道义，人们不是看得明明白白吗？

日军在现场附近枪杀了三名无辜的中国人，换上了军装，想以此作为中国军队挑起事端的证据。可在现场却找不到丝毫战斗痕迹。

就连到现场查看的"满铁"工程师高野与作目睹尸体和枕木，也认为是此地无银三百两。

一直暗中操纵、指挥关东军的日本军部，对九一八事变日军得手欣喜若狂。

9 月 19 日，陆军大臣南次郎在手记中写道：呜呼，该发生的事情终于到来了。

参谋总长金谷范三双手拄着军刀对记者说，没有什么了不起的，一旦情况紧急，派两三个师团就可收拾局面了。

裕仁天皇在示语中对本庄繁大加赞赏：卿以寡克众，皇军已威震四海，朕甚嘉之。

从历史舞台上的亮相和表演中不难看出，究竟是谁发动了这场侵略战争。

沈阳陷落之后，日军于9月19日相继占领了安东、凤凰城、营口、本溪、抚顺、盖平、海城、辽阳、铁岭、四平街、公主岭等地。

19日凌晨4时30分，三四百名日军偷袭长春宽城子兵营，开枪打死营长傅冠军，占领了子弹库。

中国守军尽管失去了指挥官，仍坚守营房，奋起还击，使攻入营区的日军陷入困境。熊川小队长被击毙，日军用山炮、迫击炮轰击兵营，激战到上午11时10分，中国官兵一部撤离，一部被日军解除武装。

另一路日军黑石大队于清晨5时左右，向长春南岭的中国军队炮团攻击。先占领了炮团营房。在进攻二营、三营时遇到顽强抵抗，炮团守军在接到代理吉林省军政的熙洽不予抵抗的命令之后，被迫撤离。

上午10时15分，赶来增援的日军六百余人配合黑石大队向驻南岭步兵营进攻。已有准备的步兵营枪炮齐发，猛烈还击。

下午，日军冲入兵营，中国守军毫不怯敌，双方展开了肉搏战，直到下午3时，中国守军在外无援兵、弹药耗尽的情况之下，才不得不撤走。

长春中国守军的抵抗，使日军伤亡惨重。

据"满铁"档案记载，在长春被打死的日军官兵六十六人，被打伤的七十六人。

中国守军虽败犹荣，不愧是中华民族的热血儿女。

1931年9月21日，日本关东军在长春集结，向吉林市大举进发。

执掌吉林省军政大权的熙洽叛国投敌引狼入室，将吉林省城拱手交给了关东军，吉林省城吉林市沦陷。

国难当头，东北军爱国官兵自发地奋起反抗，不愿放弃守土责任。

驻吉副司令长官公署卫队团团长冯占海拒绝日寇的劝降，依然率部抗日，10月下旬在松花江岸老营盘举行誓师大会。

冯占海发出抗日讨逆通电，电文称：日军侵我国土，杀我同胞，熙洽卖国求荣、丧权辱国，望我吉林爱国军民坚决与寇逆抗战到底。

他率部转战于舒兰、五常、哈尔滨等地，给日军以沉重的打击。

更为激烈的战斗是著名的江桥抗战。关东军将日军中有战神之称的多门师团调来。1931年11月4日，日军约四千人在飞机、装甲车和重炮的掩护之下，向齐齐哈尔江桥一线黑龙江守军进攻。

马占山将军亲赴前线指挥，大败敌军。

日军紧急调来步兵、炮兵几个大队共万余人，于6日凌晨再度进攻，中国军队血战到晚上，歼灭日军一个步兵联队和一个骑兵队。

11 月 12 日，关东军司令官本庄繁再次下令进攻。

黑龙江守军在马占山将军指挥之下与日军一万一千余人拼杀，双方激战持续到 18 日，使日军遭到重创。

江桥一战，震惊敌胆，充分显示了中国人民不甘屈辱、维护民族尊严的浩然正气。后因马占山部伤亡过重，中国军队被迫撤离齐齐哈尔。

黑龙江省会齐齐哈尔沦陷。

日军又相继占领了锦州市和哈尔滨市，东北沦陷了。

日本侵略者在柳条湖附近建起一座炸弹形状的纪念碑，想以此宣扬他们的赫赫战功。可在中外人民眼中，它是烧杀淫掠的象征，是阴谋伪善的化身。

法西斯主义就是横行无忌的民族侵略主义和强盗的战争。这座碑正是日本法西斯发动侵略战争的铁证。

今天日本政坛却有人说当年日本只是进入了中国，而不是侵略，并认为这是一个微妙的语言定义问题。这是地道的海外奇谈，想用语言定义问题把侵略罪行一股风吹掉，这不仅对翻案徒劳无补，反倒说明这样的语言学必定是强盗之流编造的。

国土沦丧，家破人亡，三千里沃土燃起硝烟，三千万同胞惨遭涂炭。

年迈的母亲沿街乞讨，可怜的孤儿在饥寒中哀号，不堪忍受凌辱和残杀的父老乡亲携儿带女背井离乡，他们的眼睛里喷着怒火，心却在滴着血。

捧一把家乡的泥土吧，从此不再有安宁的日子；看一眼冲天的大火吧，把仇恨深埋在心间。

"九一八"，这是高粱成熟的季节，这是鲜血浸透的日子。

历史记住这一天，人类记住这一天，在战争与和平的年轮上，永远铭刻着这一天。

第三集　怪胎

解说

1924 年溥仪被逐出紫禁城，惶惶然如丧家之犬。

日本帝国立刻命令驻北京的日本公使馆安置溥仪一家。

第二年又把他骗到天津日租界内居住，使其处于日本军警的监控之下。

为了有朝一日利用溥仪做幌子，实现日本的侵略国策，他们早就做了手脚。

1931 年 11 月 3 日夜，日本驻奉天特务机关长土肥原贤二秘密来到了天津静园。

为胁迫溥仪充当傀儡，土肥原软硬兼施，使尽浑身解数。

11 月 8 日，土肥原指使汉奸便衣队在天津华界大肆骚扰，有人给溥仪送来两枚炸弹，溥仪吓得战战兢兢，终于同意逃离天津。

10 日晚大沽港外，溥仪等人登上了日本商船"淡路丸"驶往营口。

1932年1月6日，日本政府军部及关东军拟定了《处理支那问题方针纲要》。这个纲要的核心内容是要把东北从中国版图中分离出来，变为日本的殖民地。

在关东军的指使之下，东北各地的汉奸卖国贼搞起了所谓独立运动，拼凑地方傀儡政权。

关东军先拉出东北政界遗老，在辽宁搞起了脱离南京国民政府的独立运动，组织了奉天地方自治维持会、自治指导部。关东军又把原奉天省省长臧式毅抬了出来，主持伪奉天省政府。在日军监护之下，熙洽也在吉林成立了伪吉林省长官公署。

与日本侵略者早有勾结的大汉奸张景惠就任黑龙江省省长。

1932年2月16日，关东军在沈阳大和旅馆召开了伪建国会议。按本庄繁的指令，关东军高级参谋板垣与张景惠、熙洽、臧式毅等人进行了四五次商谈。

2月18日，日方成立了以张景惠为委员长的所谓东北行政委员会，并宣布东北独立。

为了筹建伪满洲国，1932年2月23日，日本关东军派板垣与溥仪密谈，溥仪听说自己做不成皇帝，而是当什么执政，决意不肯答应。板垣警告说，如果不接受，将用对敌人的手段来做回答，在关东军的淫威之下，溥仪只好屈服就范了。

那么所谓新国家的首都设在哪里呢?

日本侵略者早有打算。沈阳位置偏南，过去是奉系军阀的老巢；哈尔滨偏北，靠近苏联，原来就是俄国侵占的势力范围；长春位于东北中心，有日本经营多年的"满铁"附属地，有利于巩固殖民统治——于是便选定长春为首都，改名为新京。

1932年3月6日，溥仪在日本特务的严密监护之下由旅顺到达汤岗子，住进了对翠阁。

当天板垣代表日本统治集团命溥仪签署了出卖中国东北主权的文件，这就是《日满议定书》的蓝本。只有签署了这份卖国的密约之后，才允许溥仪正式公开露面。3月8日，溥仪在大张旗鼓的宣传之下，由关东军护送到长春。3月9日，关东军在他们的导演之下，在前吉长道尹衙门匆忙收拾了一间大厅，举行了伪满洲国建国及伪执政就职仪式。

第二天，溥仪根据关东军司令部提出的名单，组建了伪满第一任内阁。

伪满洲国这个怪胎终于呱呱坠地了。

日本帝国主义与溥仪，一个是想侵略中国，称霸世界，一个是想复辟封建王朝，都是逆潮流而动，殊途同归的失败下场早成定局了。

日本殖民者在东北奉行的统治原则是总务厅中心主义。

说穿了就是由日本人担任的所谓总务厅长官代表关东军坐镇伪满国务院，具体指挥一切。伪满总务厅长官实际上就是伪国务总理。

同期声

那么真正统治支配这个伪满政权的是谁呢？就是这个伪总务长官武部六藏，伪满洲国的这个各部来了，这个各部都是日本人次长。那么省里边呢这个省次长是日本人，县那个副县长也是日本人，所有这些人都是直接由这个武部六藏指挥。而这个部里边这个日本人次长，他就是掌握这个的，一切实权都在他手上。省里边这个省次长，日本人省次长呢，就把省里边的实权都掌握在手里，那么县里边的日本人的副县长呢，就把这个县的实权掌握在手里。所以这么看起来呢，就形成了日本帝国主义代理人的总部长官武部六藏，对伪满政权由中央到地方整个的操纵支配。

解说

1932年3月12日，在伪国务院会议上，第一任所谓总务厅长官驹井德三拿出了伪中央机构人员名单。

伪财政总长熙洽抱怨事先没有同各部商量，驹井德三傲慢地申斥道：这是本庄司令官决定的，日本就是"满洲国"的主人，谁要想反对是坚决不行的。

这是驹井德三给大汉奸们上的第一课。他们日本人绝不是有职无权的顾问，而是必须掌握一切实权的主人。

1932年9月15日，关东军司令官武藤信义与伪满国务院总理大臣郑孝胥正式签订了《日满议定书》。

这是一个彻底出卖中国东北主权的条约，它成为日本侵略者操纵伪满政权、推行法西斯殖民统治的政治依据。

日本侵略者牢牢控制了伪满的政治、经济、军事等一切大权。

1934年3月1日，日本帝国主义决定伪满实行帝制，"满洲国"摇身一变成了"满洲帝国"，执政变成了皇帝，年号由大同改为康德。

可是在登基之日关东军不许溥仪穿龙袍，只能穿大元帅服。几经交涉，总算同意他在郊外行祭礼时可穿龙袍了。

表面上看这仅仅是穿什么服装之争，其实是关东军警告溥仪，实行帝制绝不是大清国复辟。

同年关东军派吉冈安直任帝室御用挂，这个御用挂在溥仪身边像影子一样，一待就是十年。

溥仪的一言一行，不论是出巡还是会见宾客，甚至点头示意都置于日本主子的直接监视之下。

1937年6月28日，关东军制造了大同公园事件。溥仪养活的一支三百余人的宫廷护军被日本人给收拾了。

笼中天子成了手无一兵一卒的孤家寡人。虽然郑孝胥卖国有功，可日本主子总觉得他不够俯首帖耳，于是借口他发了一句牢骚——"满洲国"已经不是小孩子，不该总把着不放手，便一脚踢开了他。而后起用了土匪出身、斗大的字不识几个的张景惠任伪总理大臣。郑孝胥三年之后郁闷而死，日本人假惺惺地为其大办丧事，不过是掩人耳目罢了。

几次杀鸡儆猴，活着的大汉奸，上自皇帝溥仪，下至群臣，无不噤若寒蝉，不敢越雷池一步。

1937年2月17日，也就是溥仪之弟溥杰与日本的嵯峨浩结婚前一个多月。

日本侵略者命溥仪签署了帝位继承法，其中有这样的条款：皇位可由弟之子继之。实际上日本侵略者是想要一个日本血统的伪满皇帝。

1940年，溥仪奉命访日，将日本的天照大神接回东北，并在伪皇宫内建起了所谓的建国神庙。

日本侵略者宣称天照大神也是伪满的建国元神，这预示着将把中国东北纳入日本版图。

到1945年，东北城乡有大小日本神庙二百九十五座，伪满铁岭市长徐渐久说了一句供天照大神这不是老张家的祖宗硬叫老李家供奉吗，立刻被捕入狱。

对于伪满洲国这个日本统治下的怪胎，只有纳粹德国和极少数国家承认，实无外交可言，倒是主子与奴才之间的互访颇为频繁。

南京汪伪政权的汪精卫、华北汉奸政权的王揖唐等相继来伪满访问。这倒是应了"物以类聚，人以群分"那句古话。

尽管中外都不承认这个怪胎是个独立国家，可在伪满谁要顺口说一句"我是中国人"，轻则挨耳光，重则丢性命。

出入山海关要办"入国证"和"出国证"，仅有三万人口的山海关，就设有日伪军警宪特组织一百多个。

所以人们称山海关为鬼门关。

东北各地的殖民统治机构盘根错节、无孔不入，沈阳、抚顺、安东、旅顺、长春、哈尔滨的监狱林立，人满为患，不知监禁杀害了多少爱国人士和无辜百姓。

殖民统治既需要用刺刀来维持，也需要用民族协和来做幌子。1932年7月日本侵略者在长春成立了协和会，协和会组织一直发展到东北各地的村屯。

1937年，东条英机接任关东军参谋长，将协和会每年活动经费从六七百万元提高到一千几百万元。协和会对日伪当局征粮、征兵、抓劳工维持殖民统治起了不小的作用，被老百姓称为蝎虎会。

1933年，日伪当局把普及日语放在首要地位，日语成了"国语"，而汉语则被称为"满语"。

伪满洲国刚刚出笼，当局就下令删改中小学教科书，把课文中有关中国主权的内容全部删掉，目的是让中小学生忘记祖国，忘记自己是中国人。

1943年，日伪当局把东北各省报纸一律改称《康德新闻》，成了真正的法西斯一家之言，电影事业直接由关东军和伪满警察操纵把持。

1939年，有着"满洲映画皇帝"之称的甘粕正彦出任"满映"理事长，拍摄了大量为日本侵略政策摇旗呐喊的影片。

1938年末，日本殖民统治者为溥仪建造了一座中日合璧的宫殿，挖空心思地在瓦当上置有"一德"二字，而在滴水瓦当上刻有"一心"二字，以示日满一心一德，并把此殿命名为同德殿。可同德殿从1939年交付使用之后，溥仪怀疑关东军在殿内安置了窃听器，他从来没有在同德殿住过一宿。

日本帝国主义营造怪胎的罪行罄竹难书，怪胎中的怪事更是层出不穷。

伪满洲国的成立绝不是什么国家的独立，而是在日本刺刀的指挥之下上演的一出政治双簧戏。

它给中国人民带来的哪里是什么王道乐土、共存共荣。

伪满十四年的统治历史，充斥着奴役与压迫、虐待与凶残、血腥与罪恶，是20世纪上半叶最残暴的法西斯殖民统治。

第四集　讨伐

解说

1932年7月，东北大面积发生水灾。

哈尔滨及松花江流域最为严重。依兰、华川、富锦、同江各县江水泛滥，一片泽国。

比水灾更可怕的是人祸。

1932年8月8日，日本政府和军部决定派武藤信义接任关东军司令官，兼任驻伪满大使及关东厅长官，以一体化的统治方式加强了对伪满洲国的全方位控制。

8月、9月水灾期间，关东军与伪满洲国签订协定、密约达二十余件，有了这些协定、密约，在"日满共同防卫"的借口之下，日本关东军对东北人民的"讨伐镇压"就更加肆无忌惮了。

在我国东北，日本帝国主义的军事力量不断加强。

关东军1933年为六万余人，1936年增加到十万余人，到1945年总兵力已经达到七十余万人。对东北抗日武装的"围剿讨伐"更加频繁。

从九一八事变到1932年9月仅一年的时间，日伪军就进行"讨伐战"九百零五次。

1935年到1936年冬季肃整期间，杀害我抗日军民五千九百九十九人，打伤五千四百三十一人。

日伪军烧毁抗日队伍的密营和基地，破坏抗日武装的生存环境，给抗日武装造成了巨大损失。

在持续不断的"讨伐"中，日军实行了极其残暴的"三光政策"。

平顶山惨案发生于1932年9月16日，抚顺日本守备队把平顶山的村民赶进山，用机枪和刺刀进行了三个小时的野蛮屠杀。为了销毁罪证，日军把尸体浇上汽油焚烧，然后用炸药把山崖崩塌，掩埋烧剩的尸体和骸骨。

这次惨案有两千五百多名无辜群众被杀害，大部分是妇女和儿童。七百余间房子全被烧光，只剩下一座孤零零的老君庙。

这是日本帝国主义实行疯狂屠杀的真实记录，不是用笔写下的，而是用数千同胞的鲜血写下来的。

平顶山惨案发生之后，东北各地被白色恐怖所笼罩。

一个名叫张志涵的人感叹平顶山惨案，低吟了一句唐诗"商女不知亡国恨，隔江犹唱后庭花"，就被抓到日本宪兵队毒打至死。

另一起惨案发生在吉林省舒兰县境内。

坐落在吉林市东北约八十公里的老黑沟，现为榆树沟乡所在地。

1935 年的旧历四月末，日本关东军第三十八连队调一千多人"讨伐"了这条山沟。

骇人听闻的惨案是从长安村向着桂家方向进行。

被捕的村民被日军用铁线穿透锁骨连成一串，进行集体屠杀。

胡家店一片废墟，许多尸体被烧焦而变形，月牙泡成了日军集中残杀中国无辜百姓的现场。蒿子周围到处是尸体，有的上半身在水中，下半身搭在泡子外面，有的全身泡在水中，露出脊背。

在月牙泡南二百米处又是一个集中屠杀的现场。

成排的尸体拴连在木杆上，每一排拴二十人，共十六排。尸体脸朝地面，木杆压在背上。

月牙泡，一个充满诗意的名字，如今泡子里的水却泛着淡黄色，当地人说这是好多人的骨头沉在下面，血水渗在里面，肉也腐烂在里面的缘故。

曾在北京大学留学的日本青年根据现场调查采访证实，在桦曲柳顶子、北大泡、月牙泡、胡家店、桂家、柳树河屯西边等地，日军集中杀害了九百八十人，加上在其他地方惨遭杀害的人，日军共杀害无辜村民一千零一十七名。

1987年，还有一位日本朋友在日本国内进行了卓有成效的调查。

他走访了东京防卫研究所、图书馆等地方，翻阅了奈良联队战绩、奈良新闻和在乡军人汇编的随军实录，证实日军三十八联队确于1935年春在吉林老黑沟一带实行了"讨伐"行动。同时还证实这个三十八联队正是后来参加南京大屠杀的部队之一。

在老黑沟惨案中，两个日本军人竟开展过杀人比赛。

日本侵略者霸占东北期间，不仅发生了平顶山、老黑沟惨案，他们还制造了土龙山、海兰江、白家铺子、巴木东等数十起惨案，杀害了成千上万的抗日爱国志士和无辜群众。

由此，不难看清他们所谓从欧美的压迫下解救中国民众的真实意图，他们所说的解救恰恰是杀戮的代名词。

难怪美国《世界报》评述：日本是披着文明的皮而具有野蛮筋骨的怪兽。

日本帝国主义为了切断抗日武装与人民群众的血肉联系，实行了归屯并户、建立集团部落的政策。

集团部落推行最早的地区是伪间岛省。

1933年日本侵略者在延吉和龙、珲春建立了八个集团部落。

1934年又建了二十八个，并在抗日活动频繁的伪奉天、安东、吉林、滨江、三江等省普遍推行。

到 1936 年末，东北各地共建起集团部落四千四百三十三个。日伪在归屯并户中实行了野蛮的烧杀政策，强迫农民迁入集团部落，拒绝搬迁便遭杀害。集团部落是名副其实的集中营，群众称其为"人圈"。

集团部落四周挖深沟、筑高墙、修碉堡、拦铁丝网，日夜由日伪军把守大门。

"人圈"居住条件极差，拥挤不堪，人畜同室，常有瘟疫流行。伪热河省共四百万人口，有一百零五万人被日军驱入"人圈"。

在"热河大讨伐"中，日军还制造了一个东西长七百公里、南北宽二百五十公里的长城无人区。

仅兴隆县被屠杀者就三万四千多人，死于冻饿、疾病者一万余人。

侵略者声称他们在中国建设的是王道乐土，实行的是共存共荣。而这土地的真实面貌却是遍布着数千个集团部落和赤地千里的无人区。不知乐在哪里，荣在何方？

细菌武器的使用更充分暴露了日本帝国主义的兽性。

关东军七三一部队队长石井四郎曾说：细菌武器攻击效率巨大，对于缺铁的日本，它是最合适的战争方式。

1935 年夏，日军在哈尔滨以南的平房镇圈定六平方公里土地，修建了七三一细菌部队的大本营。

七三一部队的规模远远超过德国法西斯建立的波茨南细菌

研究院，是世界上最大的细菌杀人工厂。每周都有一辆军用敞篷车驶进七三一部队的大本营，被送来的人没有一个能活着出去。七三一部队的队员把他们称为"马路得"，译成汉语便是木头，指他们是做实验的材料。

据七三一部队队员供认，实验致死人数，包括抗日军民、苏军战俘和无辜百姓在内达三千多人。

细菌战使用的武器主要是细菌弹。

石井四郎绞尽脑汁设计出用硅藻土制成的陶瓷炸弹。

这种炸弹只用少量炸药便可爆炸成无数碎片、粉末，这样既不损伤带菌的生物，又不会留下罪证。

1939年，日本将二十余公斤的细菌播撒到哈尔滨等地区的水源和大地上，进行了惨无人道的细菌战。

此后，日军在浙江、福建、江西省等地多次使用细菌武器，屠杀了成千上万的中国同胞。

在长春市郊的孟家屯，日本陆军参谋本部还设有一支研制细菌的第一百部队。

这支部队专门研究如何用细菌污染牧场水源，利用牲畜的疫病传染人类，从而制造死亡。

它同七三一部队做着同样害人的勾当，他们带给中国人民的除了枪弹、火炮的创痛之外，是更加残忍的由细菌所致的瘟疫的灾难。

日本军国主义在侵华战争中实行细菌战，遭到日本舆论界和政界许多人士的谴责。

1994年，日本松山市展出了日本军国主义进行细菌战争的模型，就是一个生动的例证。我们相信中日两国人民不会忘记历史的教训，将世世代代友好下去。

第五集　掠夺

解说

北起长春市的新发广场，南至今天的人民广场，这短短的一段马路，当年被日本殖民者称为"满洲华尔街"。

这里汇集了日本三井、三菱等垄断财团经营的各种株式会社，最引人注目的就是伪满中央银行本部大楼。

日本占领东北之后，首先垄断了交通、通讯、金融，对钢铁、煤炭、石油、电力等基础产业更是抓住不放，美其名曰"日满共存"。实际上搞的是经济统治政策，要让东北完全由日本人把持。

以金融业为例，他们合并了各官银号和边业银行，设立了伪满中央银行，大权由伪总务厅长官驹井德三直接控制。

日本垄断资本大量涌入东北，获取了巨额利润，如昭和制钢所1905年生产掠夺了钢铁四十点八万吨，1936年则增为七十八点三万吨。

"满铁"经营的东北电力工业，1934年4月至9月的半年时间，获纯利一百五十万日元，比上年同期利润增长百分之五十。

日本侵略者把东北变成了武库，拼命从东北掠夺钢铁、煤炭和粮食等物资。

日本发动太平洋战争之后，对中国东北的物资掠夺变本加厉。

从1941年到1944年，日本侵略者从东北掠夺了玄铁五百六十万吨、煤九千八百万吨、石油六十六万吨、铝两万八千吨、铅两万九千吨、铜五千二百六十四吨。

最后连溥仪皇宫中的铜吊灯、门窗把手，农村老太太的铜烟袋锅也被搜走了，这些物件被送进兵工厂，转而化作杀人的武器。

东北资源丰富，土地肥沃，是世界著名的粮仓之一。农产品主要有大豆、高粱、玉米等，这些都由日本的"满铁"、三井、三菱等株式会社垄断经营。

日伪在农产品的收购方面实行了粮谷出荷政策，粮谷出荷的数量逐年增加，1940年为六百万吨，1944年就达到八百九十万吨。

严重的粮食不足导致许多骇人听闻的惨案。

伪三江省鹤立县有三百多人因为没有粮食吃而自杀。

伪滨江省，1943年至1945年，因粮谷出荷而缺粮死亡人数达到七万人之多。

1970年，几个日本政界要人找了一些所谓学者，编了一本"满洲国史"，说什么是日本人开发建设了东北。每当他们想起这段历史都格外感怀乐道。

那么事实是怎么样的？

东北是中国最大的林区，九一八事变之后，由于日本采取野蛮的开采政策——伐木工人称之为剃光头、拔大毛,连绵不断的原始森林被砍伐殆尽,造成了大片的荒山秃岭。

日本对东北各地的铁矿和煤矿进行的也是掠夺式开采。

在沦陷的十四年中,日本殖民统治者仅从辽源煤矿就掠走一千五百四十九万吨煤,可装火车车皮二百五十八万节。

日本殖民者乱采滥掘,根本不顾中国工人的死活。各地矿山留下了无数座万人坑、矿工墓,其残忍程度与大屠杀一样令人发指。

辽源,方家柜万人坑占地不到两公顷,竟埋葬了数以万计的矿工尸骨。

万人坑东南坡二百九十六平方米的地方,埋了三行尸骨,共一百七十九具。死者大都是青壮年,有的尸骨手脚被铁丝捆绑,有的头骨、臂骨、腿骨残留着刀砍斧伤的痕迹,有的颅骨被打塌,腿骨被砍断,盆骨因受过电刑而变黑。

这位叫牛世清的矿工,人们在他尸骨旁发现了一张工票,上面记载 1942 年 11 月他上了三十天班,可扣除各种款项,他不但分文未得,倒欠汉奸把头四元二角四分。

日本侵略者在鸡西各煤矿共设立死人仓库十几座,挖掘了七个万人坑。为了销尸灭迹,又在各矿设置了烧人场炼人炉,不到八年的时间就烧掉近五万具尸体。

更惨无人道的是,他们竟然用死难者的尸体炼人油,然后把人油当食用油给工人吃。

抚顺、大石桥、阜新、北票、丰满，还有许许多多的万人坑、矿工墓。仅抚顺一地就有万人坑七十多处。

它们是日本殖民统治者疯狂掠夺的血腥暴行的记录。

面对这样的事实，那几个日本政界要人该怎么样去"感怀乐道"呢？

日本殖民者为强制役使东北人民修建军事、公路、铁路、水利等工程，建立了"国民勤劳奉公制度"。

1944 年，被强制奴役的劳动力约达二百五十万人，占东北当时全部人口的十二分之一。

人们一旦被抓捕，进入强制奴役的行列，随之而来的就是灭顶之灾。

1942 年，关东军在黑龙江省富锦县五顶山修筑秘密军事工程，两万多劳工被夺去了生命。

每一项工程竣工，日军常以开庆功会为名，发给每个劳工一份带毒的食品，结果劳工食后全部死亡。或者谎称送劳工回家，结果将其直接送到事先挖好的万人坑，活活地埋掉。

这绝不是偶然的事情。

伪满总务厅次长古海忠之供认，1944 年兴安岭筑城工事发生惨案，劳工死了六千余人，死因是极其恶劣的生活条件。

伪吉林省省长阎传绂供认，1942 年吉林省共抓劳工五六万人，有五分之一的劳工死亡。

据关东军龙泉中将供认，在海拉尔半截河、虎林、绥芬河、东宁、珲春一带共修筑四千五百多个永久性的军事工程，三百多个军事仓库。为修筑这些军事工程，中国劳工起码死去数十万人。

日本殖民当局大肆种植、贩卖鸦片，其目的是一箭双雕，既搜刮民财，又消磨东北民众的反抗意志。

一位关东军头目宣称日本关东军所需一切费用不用日本国供应，只鸦片一项收入足够数十万军队的开销。伪满鸦片收入扶摇直上，1944年利润增至三亿余元，是伪满初期的一百倍。

每年从这里有数千万元资金流入日本国库。

伪满在各地设立的所谓鸦片康生院，名为戒毒，实为贩毒。为提高鸦片质量，还专门在长春、大屯和开原等地建立了六个集团栽培圃，进行鸦片优良品种和高产的研究。

鸦片对东北人民的毒害是不言而喻的。仅抚顺地区十四年沦陷期间，因吸鸦片致死者数以万计。

为了永远侵占中国东北，日本侵略者计划用二十年的时间从日本移民百万户到东北。

从1942年到1945年8月日本战败为止，日本移入了十万户三十万人左右。

这些日本开拓民实际上是在日伪当局的武力支持之下，向当地农民抢夺土地进行耕种的。

到1944年止，日本开拓民共占土地一百五十二万公顷，约占东北全部耕地的十分之一。

日本帝国主义在东北的任何一种经济掠夺，都是通过极其凶残的手段，以中国人民的生命和鲜血为代价来实现的。

曾几何时，那极少数在东北从事过剥削、奴役、殖民勾当的人，又想借着开发建设之类的说辞来掩盖上次战争的罪行，岂不是太荒唐了吗？

第六集　光复

解说

九一八事变日寇立足未稳，东北爱国志士立即奋起抵抗。

三千万民众聚成了铁的洪流，给日本帝国主义以沉重的打击。

马占山、苏炳文、李杜、冯占海、王德林、唐聚五、邓铁梅、苗可秀，这些抗日的先驱者率领义勇军奋勇杀敌，在东北大地燃起抗日武装斗争的熊熊之火。

抗日义勇军最兴盛时达到五十万之众，人数之多、规模之大、战绩之显著，在东北反抗外国侵略的历史上是前所未有。

邓铁梅领导的义勇军活跃在辽东三角地带多次重创日伪军。

1934 年 5 月，邓铁梅被捕，9 月从容就义。邓铁梅牺牲之后，苗可秀继续领导义勇军英勇作战。

1935 年 7 月底，二十九岁的苗可秀在狱中挥笔写下了"正气千秋"，及"誓扫匈奴不顾身"的诗一首，而后慷慨捐躯。

英雄壮举永存天地，高山仰止千古流芳。

1932 年 1 月 9 日，义勇军刘纯启部会同民团在锦西一带伏击日军骑兵二十七联队，击毙联队长古贺少佐等八十余人。

侵略者惊呼，这是"满洲事变"以来最大的悲惨事件。

1933 年之后，风起云涌的东北义勇军相继失败了，但抗日烽火并未熄灭，中国共产党领导的抗日联军转战深山密林，同侵略者进行了十几年之久的殊死斗争。

1931 年 9 月 19 日，九一八事变的第二天，中共满洲省委发表宣言指出：这是日本帝国主义把满蒙变成殖民地的必然行动。

9 月 20 日，中国共产党与日本共产党联合发表宣言，谴责日本帝国主义抢占东北。9 月 21 日，中共满洲省委号召东北人民起来战斗。

1937 年前后，在中国共产党的领导之下，东北抗日联军迅猛发展，抗日斗争形势奔腾高涨。

杨靖宇率领一路军战士活跃在南满，成为威震东北的一支铁军，搅得日伪不得安宁，闻风丧胆。

日伪把东边道一带称为"满洲之癌"。

1937 年，杨靖宇组织了两次西征，试图建立起热辽吉黑游击区。

西征虽然没有成功，但是显示了抗联的军威，牵制了日军的兵力，使其不能入关南下。

抗联的活动对日军构成了严重的威胁。

关东军紧急增兵，使用了铁壁合围、篦梳山林等残酷手段，抗联进入极其艰难的时期。

"果敢冲锋，逐日寇，复东北，天破晓，光华万丈涌。……共赴国难，振长缨，缚强奴，山河变，万里熄烽烟。……团结起，赴国难，破难关，夺回我河山。……"

这豪迈的《露营之歌》萦绕在白山黑水之间，抗联战士在艰苦卓绝的环境之中保持了高昂的斗志。

1940 年 2 月 23 日，杨靖宇将军壮烈殉国。

日本侵略者剖开杨靖宇将军的遗体，发现胃里边一粒粮食也没有，只有野草、树皮和棉絮。

赵一曼，不屈的民族斗士，一位圣洁的母亲。

她在留给儿子的遗书中写道："宁儿，母亲对于你没有能尽到教育的责任，实在是遗憾的事情。……在你长大成人之后，希望不要忘记你的母亲是为国而牺牲的。"

她是唱着《红旗歌》走向刑场的。

在东北的抗日斗争中，还出现了以焚毁日军军用物资为目标的大连抗日放火团。

从 1935 年 9 月开始，大连的日本军用仓库码头起火、爆炸达五十七次。

1940 年 6 月，大连放火团成员王有佐把火药卷在煎饼里，巧妙地混过搜查，烧毁了日本陆军周水子的仓库，大火烧得侵略者焦头烂额，也显示了工人阶级的英雄气概。

全国的抗日救亡运动有力地支持了东北人民的抗日斗争。

从九一八事变的第二天起，上海、北京、南京、天津、西安、广州、武汉等地纷纷集会、游行，发表通电，声讨日军侵略罪行，呼吁全民抗战，强烈要求南京政府出兵抗日，收复失地。

同期声

同胞们起来，起来去杀掉我们的敌人。

"同胞们，走！"（《义勇军进行曲》响起）

东北义勇军、抗日联军和广大爱国民众拉开了抗日战争的序幕，吹响了全面抗战的前奏曲。

解说

1938 年 6 月，八路军第四纵队共五千三百余人进军冀热地区，在伪热河省对日作战中连战告捷。

1939 年 9 月，八路军第十三支队再次挺进冀东地区，给日伪军以重创。

侵略者惊呼：延安触角伸进"满洲国"，扰乱热河秩序。

在抗日战争的相持阶段，配合国民党政府正面战场，敌后根据地的抗日武装，抗击着百分之六十八的日军，以及几乎百分之百的伪军，成了中国抗日的主战场。

1943 年苏德战场，德军由相持转为被动。

苏军转入全线战略反攻北非战场。

盟军成功地实施了西西里岛登陆。

1944 年太平洋战场，美国利用海空优势实施越岛作战。

1945 年中国抗日战争已度过了最艰难的相持阶段，人民军队已发展到九十一万人，民兵二百二十万人，建立了十九个解放区，人民军队成为抗击日寇的主力军。

1945 年 4 月 23 日，中国共产党第七次全国代表大会在延安召开，延安成为指挥抗日战争威武雄壮的核心力量。

日军在我抗日军民的战略反攻之下，龟缩在据点里和铁路沿线，处于被动挨打的局面。

日本侵略者已成强弩之末。未成年的少年被强制从事军事训练，青年士兵被作为肉弹发起有去无回的攻击。

日本人民承受着战争带来的重负。1945 年 7 月 26 日，中、美、英发表《波茨坦公告》，敦促日本无条件投降，但被日本拒绝。

1945 年 8 月 6 日和 9 日，美国向日本广岛、长崎投下了原子弹。

8 月 9 日拂晓，苏联对日宣战，分兵三路进入我国东北，向日本关东军发起攻击。

与此同时，中国军队和中国共产党领导的抗日武装也大举向敌占区进军。

中国人民的长期抗战，抗击和牵制了日本陆军总兵力的三分之二以上。中国军民伤亡三千五百多万人，为世界反法西斯战争的胜利做出了不可磨灭的贡献。

1945 年 8 月 15 日，日本天皇宣布无条件投降。

8 月 17 日午夜至次日凌晨，在通化大栗子沟，伪满国务院总务厅长官武部六藏导演了傀儡戏的最后一幕。

溥仪用颤抖的声音念完了退位诏书，至此结束了伪满洲国十余年的傀儡统治。

1945 年 9 月 2 日，同盟国举行受降仪式。

在东京湾的美国"密苏里号"军舰上，日本外相重光葵、参谋总长梅津美治郎在投降书上签字。

9 月 9 日，中国战区举行受降仪式。在南京，日本侵华最高司令官冈村宁次在投降书上签字。日军一百二十八万三千人放下了武器。

日本关东军的彻底溃灭和伪满洲国的垮台，标志着日本军国主义对中国东北的军事法西斯殖民统治永远不复返了。

中国人民，决不会忘记当年光复胜利的辉煌成果，也不会忘记光复这两个字所蕴含的血的代价和全部分量。

脚步匆匆，历史又走过了半个世纪。

忘记历史的民族是没有希望的民族，不能正视历史的民族同样是没有希望的民族。

勿忘"九一八"，我们今天要更加珍惜在中国共产党领导下的祖国的统一、团结、稳定和繁荣。

不忘昨天，就会更加珍惜今天，热爱明天。

（1995 年）